Emely Dark studierte Literaturwissenschaften und Soziologie. Sie arbeitete als Journalistin und im Bereich Public Relations, bevor sie 2019 ihren ersten Thriller »Nachtangst – Das Wesen der Stille« veröffentlichte. Seither ist sie als Autorin und Lektorin tätig.

www.emelydark.com

EMELY DARK

LERNE ZU

DIE AKADEMIE DES TODES

HASSEN

DÜSTER. BLUTIG. SPANNEND.
»DIE AKADEMIE DES TODES«

Die Deutsche Nationalbibliothek verzeichnet diese Publikation in der Deutschen Nationalbibliografie; detaillierte bibliografische Daten sind im Internet über http://dnb.dnb.de abrufbar.

© 2021 Emely Dark
c/o Rogue Books Impressum Service
Franz-Mehring-Str. 70, Zwickau Berlin

Lektorat: Sarah Lippasson & Denise Wassermann
Korrektorat: Vivienne Schneider

Titelbild & Umschlaggestaltung:
Designomicon | Anke Koopmann unter
Verwendung von Motiven von © shutterstock

Herstellung und Verlag: BoD – Books on Demand, Norderstedt

ISBN: 978-3-7534-7896-8

Du wirst für immer schweigen,
und ich werde in der Dunkelheit verschwinden.

JAMES JOSEPH DEANGELO,
DER »GOLDEN-STATE-KILLER«

PROLOG

Zum Mörder wird man nicht geboren. Zum Mörder wird man gemacht.

Ausgerechnet dieser weit verbreitete Irrglaube schießt mir durch den Kopf, während ich Parkplatz und Eingangstür des *Kinder-Spiele-Tobe-Lands* beobachte und geduldig auf meine Chance warte.

Blödsinn. Längst haben Wissenschaftler herausgefunden, dass es sehr wohl ein Killer-Gen gibt, eine Prädisposition des Bösen, wenn man so will. Ich spüre sie in jeder Faser meines Körpers. Sie äußert sich durch ein Kribbeln und Ziehen, durch einen schier unbändigen Drang, durch einen Hunger, der nur durch die vollendete Tat zu stillen ist.

Gleich ist es soweit.

Ein wohliger Schauer kitzelt meine Wirbelsäule. Der Kapuzenpullover klebt klamm an der Haut. Es ist unsäglich warm für Oktober.

Ein junges Paar, Hand in Hand mit widerwärtig verklärtem Blick, schlendert an mir vorbei, genießt die letzten Sonnenstrahlen, bevor der Winter

Einzug halten und Berlin monatelang in tristes Grau tauchen wird. Das Rasseln einer Fahrradkette, gepaart mit dem allgegenwärtigen Surren der Stadt, übertönt das intime Gespräch.

Ich schenke den beiden Liebenden ein Lächeln, das zweifellos sofort wieder in Vergessenheit geraten wird.

Schon eigenartig, wie das Gehirn funktioniert. Es filtert Erlebnisse, löscht vermeintlich Belangloses und erzwingt im Bewusstsein eine ganz eigene, subjektive Realität. Obwohl ich seit Stunden hier lauere, wird sich morgen keine Menschenseele an mich erinnern.

Es liegt in unserer Natur, dem Fremden skeptisch zu begegnen. Doch in der Großstadt ist Ignoranz die Maxime – ein Umstand, der mir sehr entgegenkommt. In der Menge jage ich gänzlich ungeniert.

Ich bin der Wolf unter blinden und tauben Hasen. Und selbst wenn sie die Gefahr wittern und davonlaufen, entkommen können sie nicht.

Meinen ersten Mord beging ich am Tag meiner Geburt. Seither verfolgt mich das Verlangen. Trotzdem sollte es dreiunddreißig Jahre dauern, bis ich ein zweites Opfer fand, mir eine weitere Seele zu eigen machte.

Das Kribbeln in meinen Adern nimmt zu, wenn ich daran zurückdenke. Jetzt kann mich nichts mehr aufhalten. Ich habe Blut geleckt. Ich töte nicht, weil ich es will, sondern weil ich es muss. Und ich kann nicht damit aufhören, bis –

Lautes Geschrei reißt mich aus meinen Gedanken. Vor dem Indoor-Spielplatz tummelt sich plötzlich eine Menschenmenge. Mütter und Väter mit ausgezehrter Miene scheuchen ihre Sprösslinge durch die Reihen geparkter Wagen, bugsieren den Nachwuchs auf Kindersitze, ertragen Quengelei und Protestgebrüll. Ich höre Türen zuknallen, beobachte, wie die Autos schließlich artig aufgereiht das Gelände verlassen.

Gleich ist es soweit.

Mein Herz pocht in freudiger Erwartung. Ein Blick auf die Armbanduhr bestätigt: Das *Kinder-Spiele-Tobe-Land* schließt für heute.

Gleich werde ich Opfer Nummer drei das Leben rauben.

EINS

Der letzte Gast, der durch die gläserne Schiebetür des *Kinder-Spiele-Tobe-Lands* nach draußen tapst, ist ein dunkelhaariger Junge von vielleicht drei oder vier Jahren.

Er wird von einer Jugendlichen über den Parkplatz geführt, die seine Schwester sein mag oder auch nur die Babysitterin. Die in dicken Strichen düster umrandeten Augen und das bleiche Make-Up unter der schwarzen Mähne erschweren mir die Einschätzung.

Kommt dieser Grufti-Look denn nie aus der Mode?!

Offenbar gibt es immer noch Teenies, die darauf stehen, denn neben dem Mädchen trottet ein Kerl im selben Alter mit ungepflegter Matte und Lotterklamotten heran.

An der Straße trennen sich die Wege des Trios. Nach einer kurzen Auseinandersetzung, deren Inhalt ich nicht verstehe, und einem flüchtigen Abschiedskuss geht der Typ in die eine, die junge Frau mit dem Jungen in die andere Richtung davon.

Ich blicke den beiden nach.

Eine Schande ist das! Das Mädchen wäre echt hübsch, wenn sie doch nur –

Lautes Geschnatter lenkt meine Aufmerksamkeit zurück zum Indoor-Spielplatz. Einige Angestellte treten durch die Tür und verabschieden sich wortreich, bevor zwei der Damen in einen Wagen steigen und davonbrausen. Der Rest des Grüppchens macht sich zu Fuß auf den Weg zur Bahnstation.

Nach einer gefühlten Ewigkeit ist der Parkplatz endlich verwaist. Doch im *Kinder-Spiele-Tobe-Land* brennt nach wie vor Licht. Jetzt ist die Kassiererin allein. Morgen wird der Reinigungstrupp ihre Leiche finden.

Gleich ist es soweit.

Das Kribbeln meiner Adern nimmt zu. Es ist, als würden tausende Nadelspitzen auf den Verästelungen tanzen. Mein Herz pocht so stark, dass ich den Pulsschlag hören und den Druck im Schädel spüren kann. Während ich die Arme hebe, um mir die Kapuze über den Kopf zu ziehen, rinnen Schweißtropfen meine Lenden hinab.

Ich greife in den Bauchbeutel des Hoodies, hole ein Paar schwarzer Lederhandschuhe heraus und schlüpfe hinein. Erst dann erlaube ich mir, die kleine Plastiktüte in meiner Hosentasche zu berühren.

Sie enthält neun der zehn identischen Halsketten mit grünem Anhänger, die ich vor sechs Monaten in einer kleinen Schmuckwerkstatt erstanden und trotz ihres stolzen Preises bar bezahlt habe.

Vorsichtig nehme ich eine davon heraus, lasse die zarten Glieder durch die behandschuhten Finger rinnen, mache sie bereit für ihren Einsatz.

Ich werde die Kette um ihre Kehle schlingen. Sie wird sich winden, aber sie kann mir nicht entkommen. Und wenn sie ohnmächtig ist...

Automatisch gleitet meine linke Hand zum Bauch, ertastet durch den dicken Stoff des Pullovers die Umrisse eines Klappmessers. Das Kribbeln wird beinahe unerträglich. Keine Sekunde länger kann ich dem Drang widerstehen. Ich setze mich in Bewegung. Mit jedem Schritt über den Asphalt wird mein Puls noch schneller.

Endlich erreiche ich den Eingangsbereich des *Kinder-Spiele-Tobe-Lands*. Der Bewegungssensor erfasst mich, die gläserne Tür gleitet zur Seite, und ich trete ein. Damit mein Gesicht nicht auf den Aufnahmen der Kamera auftaucht, halte ich den Kopf nach links unten gesenkt.

»Wir haben geschlossen«, höre ich die Kassiererin sagen, noch bevor ich sie sehen kann. Ihre Stimme klingt verunsichert, so als ahne sie längst, was auf sie zukommt.

Zu meinem Glück wird nur ein kleiner Teil des Indoor-Spielplatzes videoüberwacht. Kaum hat sich die Tür mit einem leisen Quietschen hinter mir geschlossen, kann ich den Kopf wieder heben.

»Ich weiß. Entschuldigung.«

Ihre Miene verändert sich. Die grünen Augen beginnen zu strahlen. Sie lächelt dümmlich – ein Effekt, den mein Äußeres bei vielen Frauen auslöst. Trotzdem scheint sie mich nicht wiederzuerkennen. Echt enttäuschend.

»Mein Auto ist an der Straße liegengeblieben«, behaupte ich, obwohl ich den AMG natürlich in sicherer Entfernung, auf der anderen Seite des angrenzenden Parks, abgestellt habe. »Dürfte ich kurz telefonieren?«

»Klar.« Ihr Nicken lässt die blonden Strähnen auf und ab hüpfen. Sie winkt mich zu sich hinter den Tresen.

Ich trete nah an sie heran und lege ihr scheinbar beiläufig eine Hand auf den Arm. Ein eigenartiger Ausdruck legt sich auf ihr ansonsten hübsches Gesicht, als sie die schwarzen Lederhandschuhe bemerkt.

Zu spät.

»Was zum –«

Ich wirble sie herum und lege ihr in einer einzigen fließenden Bewegung von hinten die Halskette um, bevor ich die Enden im Nacken kreuze und die Schlinge zuziehe. Der Druck auf die Kehle schneidet jedes weitere Wort ab. Die Frau strampelt mit Armen und Beinen, versucht mich abzuschütteln, aber ich ziehe sie mühelos ganz nah an meine rechte Schulter heran.

Den Kopf nach vorn gereckt, kann ich nun von schräg oben beobachten, wie die weit aufgerissenen Augen beinahe aus ihren Höhlen treten. Die Haut verfärbt sich erst blass, dann bläulich, während ihr Körper zu zucken beginnt, als ob er von Stromstößen durchzogen würde.

Meine Armmuskulatur scheint bis zum Zerreißen gespannt, die Finger krampfen. Dennoch ziehe ich die Kette noch fester zu.

Der Anhänger funkelt silbrig und grün im Licht der Neonröhren, ich genieße das unsagbar schöne Gefühl der Macht, des Triumphes, der Unbesiegbarkeit – bis plötzlich kein Widerstand mehr da ist, meine Arme in einem schmerzhaften Ruck unkontrolliert zur Seite schießen und es leise klackert.

Die Kassiererin sackt in sich zusammen, knallt mit dem Gesicht voraus auf das Linoleum und bleibt vor meinen Füßen liegen.

Verdutzt halte ich inne, blicke erst nach rechts, dann nach links. Meine Finger halten nach wie vor Kettenglieder umkrampft. Die Enden baumeln wie silberne Schlangen herab. Das Medaillon ist

15

weg. Es dauert einen Moment, bis ich begreife, was gerade geschehen ist.

Das Mistding ist zersprungen!

Hastig stopfe ich die beiden Teile der Kette in die Hosentaschen und knie mich neben das Opfer, das sich zum Glück nach wie vor nicht regt.

Okay. Keine Panik. Es kann trotzdem alles nach Plan weiterlaufen. Dass die Kette gerissen ist, ist kein Weltuntergang.

Ich atme einmal tief durch, versuche mich zu beruhigen, was jedoch nur mäßig gelingt.

Meine Hände zittern vor Wut und Enttäuschung, als ich den Arm der Kassiererin packe und den bewusstlosen Körper herumdrehe, sodass sie nun mit dem Rücken nach unten liegt. Ihr Kopf schlackert dabei eigenartig hin und her. Aus der Nase rinnt Blut.

Mist, verdammter!

So war das alles nicht geplant, aber ich kann es nun nicht mehr ändern. Also ziehe ich das Klappmesser aus der Bauchtasche. In diesem Zustand will und kann ich die Frau nicht zurücklassen. Noch ist es nicht vorbei. Ich muss weitermachen. Das Kribbeln lässt mir keine Wahl.

Als ich die Klinge ansetze, kommt das Hochgefühl zurück. Gut, die Visage ist hinüber, aber ansonsten hat doch alles prima geklappt. Madame ist bewusstlos, so wie ich es wollte. Später werde ich das heruntergefallene Medaillon suchen und einpacken, ihr stattdessen eine neue Kette um den Hals legen. Für genau diesen Fall der Fälle habe ich schließlich mehrere dabei. Muss ja keiner erfahren, dass hier etwas schiefgelaufen ist.

Du Fuchs, lobe ich mich selbst. Dann drücke ich zu.

Von zwei Rippenbögen sanft geführt, gleitet der Stahl hinab, bis das Messer bis zum Griff im Brustkorb steckt. Jetzt vernehme ich ein nasses Rasseln. Es signalisiert mir, dass ich die Lunge getroffen und dafür gesorgt habe, dass Blut ins Gewebe läuft.

Prompt reißt Opfer Nummer drei die Augen auf. Die tiefgrünen Pfützen schaffen, was der Mund nicht mehr vermag: Sie schreien den Schmerz in die Welt hinaus.

Ich ziehe die Klinge hoch.

Das Rasseln erstirbt, als der Druckausgleich die Lunge zum Kollabieren bringt. Das Kribbeln in meinen Adern wird erträglicher, aber es verschwindet nicht.

Noch immer bin ich nicht fertig mit dieser Frau. Es fehlt der finale Stich ins Herz.

Ich setze gerade zum zweiten Mal das Messer an, als ich höre, wie die Schiebetür hinter mir aufgleitet und ein zartes Stimmchen ertönt: »Was machst du da?«

Unversehens bricht die Hölle über mich herein.

Mein Verstand setzt aus.

ZWEI

Als ich wieder zu mir komme, starre ich in leblose, tiefgrüne Kinderaugen. Ich weiß nicht, wie viel Zeit vergangen ist. Ich weiß nicht, was geschehen ist.

Alles, was ich weiß, ist: Ich beuge mich über die Leiche eines kleinen Jungen, der noch vor wenigen Minuten quietschlebendig war. Ich erkenne ihn als den letzten Gast, der vorhin das *Kinder-Spiele-Tobe-Land* verlassen hat.

Jetzt klafft ein tiefer Schnitt an seiner Kehle. Blut rinnt daraus hervor, bildet eine immer größer werdende Pfütze auf dem Linoleum, durchtränkt Kleidung und dunkle, struppige Haarsträhnen. Hastig richte ich mich auf und trete ein paar Schritte zurück.

War ich das?

Ich betrachte das Messer in meiner Hand. Plötzlich habe ich das eigenartige Gefühl, als sehe ich es zum allerersten Mal. Die Klinge ist feucht und rostrot. Es besteht kein Zweifel. Ich habe das Kind getötet.

Mein Magen rebelliert. So war das alles nicht geplant. Ich unterdrücke ein Würgen, will mich

19

wieder meiner Aufgabe zuwenden, um mich davon abzulenken und endlich das Kribbeln in meinen Adern zum Schweigen zu bringen. Der Junge muss warten. Ich bin noch nicht fertig mit der Kassiererin. Es fehlt der finale Stich ins Herz, und ich –

Ein Quietschen lässt mich zusammenfahren. Ich reiße den Kopf hoch und wende mich dem Ursprung des Geräuschs zu, beobachte gerade noch, wie sich die gläserne Eingangstür des *Kinder-Spiele-Tobe-Lands* schließt. Draußen ist inzwischen die Sonne untergegangen. Ich sehe nichts als die Reflexion des Bällebads.

Zu spät.

Es dauert einen Moment, bis mein verwirrter Verstand begreift, was das Unterbewusstsein längst erkannt hat: Nicht der Junge hat zuletzt den Bewegungssensor ausgelöst. Der Größe der Blutlache nach zu urteilen, ist dafür bereits viel zu viel Zeit vergangen. Stattdessen muss eine weitere Person hier gewesen sein.

Das Grufti-Mädchen! Sie hat mich gesehen!

Wieder muss ich würgen. Diesmal schmecke ich bittere Galle im Mund. Ich schlucke sie herunter. Mir bleibt keine Zeit.

So schnell ich kann, rase ich auf die Tür zu. Als sie aufgleitet, bleibe ich ruckartig stehen, blicke nach rechts und links. Ich versuche, im Halbdunkel einen Schemen auszumachen, doch da ist nichts. Gar nichts.

Ich laufe nach draußen, einige Meter über den Parkplatz, bevor ich wieder innehalte und lausche. Das sonore Surren Berlins dringt an mein Ohr. Motorengeräusche, weit entferntes Gelächter, das alltägliche Klappern und Krachen der Zivilisation – und schließlich: Polizeisirenen.

Scheiße!

Ich weiß nicht, ob das Martinshorn tatsächlich mir gilt, aber ich darf nichts riskieren. Genug Zeit, um einen Notruf abzusetzen, hatte der Teenager inzwischen.

Mit geübtem Griff klappe ich das Messer zusammen und stecke es zurück in die Tasche des Kapuzenpullovers. Dabei saue ich den Stoff mit Blut ein, aber das ist jetzt egal. Ich muss hier weg. Sofort.

Einziges Problem: Das Kribbeln lässt mich nicht. Obwohl ich schweißgebadet bin, stehe ich wie festgefroren herum, hadere mit mir selbst. Der finale Stich fehlt. Stattdessen liegt neben der Kassiererin ein totes Kind. So war das alles nicht geplant.

Mist, verdammter!

Es ist, als würden unsichtbare Fäden an mir ziehen. Als wolle mich eine fremde Macht zur Umkehr bewegen. Mir wird schwindlig, während

Trieb und Vernunft in mir einen gnadenlosen Kampf ausfechten.

Die Sirenen werden lauter, und endlich gewinnt mein Selbstschutzinstinkt die Oberhand. Blind und taub vor Angst laufe ich los, stürze über die Straße und in den angrenzenden Park, wo mich die Dunkelheit endgültig verschluckt.

Nur einige wenige Laternen gibt es hier. Sie werfen orangefarbene Lichtkegel auf die Schotterwege und Sträucher. Ich schlage große Bögen darum herum, stolpere voran, als wäre der Leibhaftige hinter mir her.

Doch mit jedem Schritt wird das Verlangen wieder größer. Aus dem leisen Kitzeln wird ein schmerzhaftes Stechen.

Es ist noch nicht vorbei.

Während ich krampfhaft versuche, dem widerwärtigen Gefühl Herr zu werden, ein Stück Kontrolle wiederzuerlangen, kommt mir unerwartet der Zufall zu Hilfe.

»Hey, du da«, ruft die Obdachlose, die zwei Meter abseits des Weges ihr Nachtlager aufgeschlagen hat. »Haste ma' 'nen Euro?« In Lumpen gekleidet, hockt sie vor einem Schlafsack, der ebenfalls seine besten Jahre längst hinter sich hat. Hinter ihr steht ein Einkaufswagen, in dem ein fleckiger Koffer und ein paar Plastiktüten liegen, deren Inhalt nicht zu erkennen ist.

Sie steht auf und hält eine Campinglampe hoch. Der fade Schein erhellt ein schmutzverkrustetes Gesicht. Blonde Haarsträhnen umrahmen grüne, tiefgründige Augen. Irgendwann, vor langer Zeit, war diese Frau schön.

Das Kribbeln wird übermächtig.

»Klar.«

Während ich die behandschuhten Finger in die Hosentasche gleiten lasse, um nach dem Inhalt des Plastikbeutels zu fischen, schlendere ich lächelnd auf sie zu.

Fast ist es ein bisschen zu einfach. Sie schöpft keinerlei Verdacht. Nicht, als ich direkt vor ihr stehe, und auch nicht, als ich ihr die geschlossene, linke Hand entgegenstrecke, als wolle ich ein Geldstück in die ihre fallenlassen.

Erst als ich zupacke und sie herumwirble, dringt ein überraschter Laut aus ihrer Kehle. Doch es ist längst zu spät. Innerhalb von Sekunden steckt sie in der silbrigen Schlinge, die meine kräftigen Arme immer enger ziehen.

Diesmal reißt die Kette nicht. Trotzdem bleibt das erwartete Hochgefühl aus. Die Pennerin, so hübsch sie einst auch gewesen sein mag, ist nur ein schwacher Trost, ein fader Abklatsch der Kassiererin. Sie ist nicht das, was ich brauche.

Vielleicht weiß sie sogar selbst, dass sie wertlos ist, denn sie unternimmt kaum Bemühungen, sich zur Wehr zu setzen. Fast wirkt es, als habe auch sie ihr Leben längst abgeschrieben.

Ich ziehe noch fester an den Enden der Halskette, so fest, dass die Augen wirklich fast rausploppen, versuche, Triumph und Freude zu empfinden, doch es bleibt, wie es ist.

Ich fühle nichts.

Als ich etwa fünf Meter entfernt ein Rascheln im Gebüsch höre, das mir signalisiert, dass ich mich schnellstens verdrücken sollte, bin ich nicht einmal enttäuscht. Ich lasse die Kette los.

Die Obdachlose sackt zu Boden, bleibt liegen wie achtlos weggeworfener Müll.

Noch bevor mich jemand ertappen kann, bin ich wieder in der Dunkelheit verschwunden. Schotter knirscht unter den Sohlen meiner Sneakers, das nervtötende Kribbeln nimmt ab. Für heute siegt endgültig die Vernunft.

Was für ein beschissener Tag!

Wenig später reiße ich mir Pullover und Handschuhe vom Leib und verstaue beides in einer Plastiktüte im Kofferraum des AMG. Ich werde sie unterwegs entsorgen. Fürs Erste kann ich es nicht erwarten, diese gottverdammte Stadt endlich hinter mir zu lassen.

Die nagende Angst, doch noch erwischt zu werden, nehme ich mit.

DREI

Als ich den AMG rund zweieinhalb Stunden später vor dem Hyperion Hotel in Leipzig abstelle, bin ich wieder bester Laune.

Statistisch betrachtet werden Serienmörder in Deutschland nach ihrer dritten Tat verhaftet — wobei sie strenggenommen auch erst ab dieser Anzahl als solche gelten. Sie verfügen über lediglich mindere Intelligenz, sind auf dem Bau tätig oder gar arbeitslos und mit an Sicherheit grenzender Wahrscheinlichkeit vorbestraft.

Dem halbwegs gebildeten Menschen fällt schnell auf, welches Problem dieser Statistik zugrunde liegt: Erfasst werden nur die Daten derer, die dumm genug waren, sich erwischen zu lassen. Und zu dieser Gruppe gehöre ich nicht.

Was hat diese dämliche Grufti-Göre schon in der Hand?

Sie wird sich an einen Mann mit Kapuzenpullover erinnern, nicht mehr. Selbst wenn sie mein Gesicht gesehen haben *sollte* und es leidlich beschreiben kann, kommen die Ermittler niemals auf mich. Es gibt nur eine marginale Verbindung zwischen mir und dem Opfer, so geringfügig, dass sie mich niemals auf ihren Radar bringen wird.

Vor zwei Wochen war ich dienstlich in Berlin, zusammen mit meinen Kollegen. Abends ging es für alle – wider Willen – ins *Kinder-Spiele-Tobe-Land.* Ich war ein stinknormaler Gast, einer von Dutzenden an diesem Tag, Hunderten pro Woche. Noch dazu habe ich für den heutigen Abend ein Alibi.

Ich lächle in mich hinein, greife ins Handschuhfach und hole den zerknautschten Fan-Schal hervor, den ich vergangene Woche online gekauft habe. Eine schwarze Adidas-Jacke, in deren Tasche ein Ticket für das heutige Spiel steckt, komplettiert das Outfit.

Nicht mein gewohnter Look, aber das Ganze soll mir nicht gefallen, sondern vor allem eins: in Erinnerung bleiben.

Als ich wenige Minuten später die Hotelhalle betrete, bestätigt mir der Concierge, dass meine Taktik aufgeht: »Herr Graf! Wie schön, dass Sie wieder da sind. Wie war das Spiel?«

»Drei zu drei. Müller hat den Bayern mit dem Köpfer in der fünfundsiebzigsten Minute die Tabellenführung gerettet, aber der RB war über weite Strecken eindeutig das stärkere Team«, wiederhole ich die Infos, die mir der Radiokommentator unterwegs gegeben hat, und versuche dabei, genauso viel Enthusiasmus an den Tag zu legen wie er.

»Unentschieden. Na, das ist doch was.« Der Angestellte nickt artig, wundert sich aber sicher über den Kerl, der im Luxushotel abgestiegen ist, nur um am nächsten Tag ins Stadion zu gehen.

Sehr gut.

»Danke, dass Sie mir den späten Check-out ermöglichen, Raoul. Ich ziehe mich oben noch rasch um, dann bin ich weg.«

Wieder ein dressiertes Nicken. »Es war mir eine Freude, Herr Graf.«

Klar war es das! Ich habe ein Heidengeld dafür bezahlt!

Damit er mich definitiv nicht vergisst, stecke ich dem Lackaffen noch ein gehöriges Trinkgeld zu, bevor ich durch die Halle zu den Fahrstühlen haste und den Knopf für die dritte Etage betätige.

Wenige Minuten später schließe ich die Tür der angemieteten Suite hinter mir und atme erleichtert auf. Endlich kann ich die billigen Utensilien loswerden und in meinen mitternachtsblauen Maßanzug schlüpfen. Endlich kann ich wieder ich selbst sein.

Alexander Graf, der gutaussehende Kerl mit dem charmanten Lächeln, der Business-Aufsteiger. Der Mann, den nie jemand eines Verbrechens bezichtigen würde.

Ich werfe Schal, Trainingsjacke, Jeans und Sneakers in den Koffer. Ein letzter Blick in den mannshohen Spiegel: *fast perfekt.*

Penibel streiche ich die australische Schurwolle glatt und zupfe die Hosenbeine über den Kroko-leder-*Santonis* zurecht. Erst als ich restlos zufrieden bin, ziehe ich einen farblich passenden *Saint Laurent*-Mantel über, nehme mein Smartphone aus dem Tresor, stecke es in die Tasche und verlasse die Suite.

Der Rollkoffer klackert leise, während ich ihn durch den Flur und in den Aufzug ziehe. Im Foyer angekommen, mischt sich das Geräusch mit dem geschäftigen Treiben der Hotel-Angestellten, die gerade eine frisch eingetroffene Reisegruppe ab-fertigen.

Ich nicke Raoul kurz zu, lege die Chipkarte auf den Tresen und gehe weiter. Bevor ich auf die Straße hinaustrete, hebe ich noch einmal ganz bewusst den Kopf, schaue direkt in die über dem Eingang angebrachte Kamera und lächle.

Das perfekte Alibi.

Keiner wird glauben, dass ich ein Hotelzimmer in Leipzig angemietet habe, um einen Mord in Berlin zu begehen. Nicht, wenn es für meinen Aufenthalt Videoaufnahmen –

Die Kamera!

Ich erstarre mitten in der Bewegung.

Als ich den Indoor-Spielplatz betreten habe, habe ich extra nach unten geschaut ...

Trotz des dicken Mantels überfällt mich ein Schaudern.

Aber wie war das, als ich der blöden Grufti-Göre nachgejagt bin?

Ich versuche krampfhaft, mich zu erinnern, versichere mir immer wieder, dass alles gut wird, dass ich den Kopf auch beim Hinausgehen gesenkt haben *muss* — weil die Alternative nicht auszudenkende Konsequenzen nach sich ziehen würde.

Ich darf nicht so dumm gewesen sein!

Wenn doch, dann werden sie mich finden. Sie werden mir Handschellen anlegen, mir alles wegnehmen, was ich besitze, mich für immer in eine winzige, nasskalte Zelle stecken.

Der Junge! Das tote Kind bringt mir glatt weitere zwanzig Jahre ein! Kein Richter der Welt —

»Herr Graf?«

Ich zucke zusammen, als plötzlich Raoul neben mir steht. Wie aus dem Nichts ist er aufgetaucht, zeigt sein gehorsames Grinsen. »Darf ich Ihnen ein Taxi bestellen?«

»Äh. Nein. Ich ... äh ... bin mit dem eigenen Wagen —« Ich breche ab, deute dümmlich in Richtung AMG.

Sollte den Concierge mein Verhalten irritieren, so lässt er sich zumindest nichts anmerken. »Kann ich sonst noch etwas für Sie tun? Es wäre mir eine Freude.«

»Nein, danke. Schönen Abend noch!« Ohne eine Antwort abzuwarten, gehe ich davon.

»Ihnen auch, Herr Graf. Auf Wiedersehen«, höre ich Raoul noch rufen, als ich schon fast beim Auto bin.

Scheiße! Scheiße! Scheiße!

Wieder und wieder gehe ich die Szene in Gedanken durch, sehe, wie die Tür des *Kinder-Spiele-Tobe-Lands* zugleitet, wie ich nach einer Schrecksekunde aufspringe, nach vorn stürze und – nein, das darf einfach nicht wahr sein!

Ich werfe den Koffer auf den Rücksitz, springe hinters Steuer und fahre los. Der Motor heult laut auf.

Jetzt wird sich der verdammte Raoul auf jeden Fall an mich erinnern.

Um Fassung bemüht schalte ich das Radio ein, versuche mich von den widerwärtigen Gedanken abzulenken, die unablässig auf mich einprasseln. Es hilft nicht. Stattdessen hallen Polizeisirenen durch meinen Verstand. Der Gestank nach Urin und Schweiß liegt in der Luft. Ich spüre den kalten Stahl, der sich um meine Handgelenke legt.

Kampf oder Flucht?! Kampf oder Flucht, schießt es mir durch den Kopf, während Rihanna von der ewigen Liebe singt und der AMG durchs nächtliche Leipzig und Richtung Autobahn rauscht.

Für einen Moment ist der Drang, davonzufahren, nie wieder zurückzublicken, unsagbar groß. Ich könnte mich in einem anderen Land niederlassen, einfach untertauchen, am Strand vielleicht.

Aber das käme einem Schuldeingeständnis gleich.

Und, wird mir schlagartig klar, ich müsste alles zurücklassen, was mir je etwas bedeutet hat. Das todschicke Apartment im Grand Tower, meine Anzüge und Uhren, den Spitzen-Job mit sämtlichen Vergünstigungen, ja, ab einem gewissen Punkt sogar den Wagen.

Undenkbar! Kampf also.

Ich sauge so viel Luft in meine Lungen, dass ich beinahe fürchte, sie könnten platzen, halte den Atem an und lasse ihn erst wieder entweichen, nachdem der zusätzliche Sauerstoff seine beruhigende Wirkung entfaltet hat.

Keine Panik. Lass dich jetzt bloß nicht von deinem ursprünglichen Plan abbringen. Es wird alles gut.

Das beklemmende Gefühl lässt sich nicht gänzlich abschütteln. Trotzdem werde ich langsam wieder optimistischer.

Nach wie vor gibt es kaum eine Verbindung zwischen mir und dem Opfer – oder der Stadt Berlin. Der eigentliche Mord kann nicht auf den Aufnahmen zu sehen sein. Die sind wahrscheinlich ohnehin krisselig und unscharf. Man wird mich nicht ausfindig machen.

Und selbst wenn: Ich bin Alexander Graf, Market Analytics Manager in einem Pharma-Konzern und Sohn eines renommierten Anwalts, kein arbeitsloser Maurer mit niedrigem IQ. Ich passe nicht ins Profil des Serienkillers. So einfach ist das.

Alles wird gut. Es muss.

Während ich den AMG auf einen verlassenen Parkplatz lenke, um die Beweise im Kofferraum zu vernichten, plärrt Rea Garvey aus den Lautsprechern. Ich summe mit.

VIER

Der Mond wirft einen trüben Schein auf den Parkplatz nahe der A38, kurz hinter Leipzig. Ab und zu rauscht ein Auto vorbei, ansonsten bin ich mutterseelenallein und kann völlig ungestört meinem Vorhaben nachgehen.

Ich öffne die Klappe des Kofferraums, nehme einen Einweghandschuh aus der Hunderter-Schachtel und stopfe ihn in meine Manteltasche. Dann greife ich nach der Plastiktüte und einem Reserve-Kanister. Beides trage ich mit weit ausgestreckten Armen zu der Mülltonne aus Metall, die neben einer der Bänke am Boden befestigt ist.

Es bedarf ein wenig Geschick, den Beweismittel-Sack hinein zu bugsieren, ohne ihn dabei aufzureißen und den Rand des Mülleimers oder gar den Ärmel zu kontaminieren. Verräterische Spuren auf dem Designer-Mantel machen sich nicht so gut. Meine Hände zittern, trotzdem klappt alles reibungslos.

Ich verstehe mein Handwerk. Ganz im Gegensatz zu vielen anderen Tätern, die Waffen und

Kleidung in Seen oder Flüssen entsorgen. Wasser allein zerstört die DNA nicht mit Sicherheit – insbesondere, wenn die Probe bereits angetrocknet ist.

Selbst nach mehreren Tagen unter Wasser lassen sich immer noch Spuren nachweisen. Um ganz sicher zu gehen, dass die Kripo nichts aus Blut, Hautschuppen und dergleichen herauslesen kann, setze ich deshalb auf Denaturierung durch Feuer.

Außerdem flackert es so schön.

Ein großzügiger Schluck Benzin und ein Streichholz, schon brennt die Tonne lichterloh.

Wie paralysiert beobachte ich, wie sich die Flammen durch Plastik und Stoff fressen und schließlich das Klappmesser umspielen.

Ruß – insbesondere verursacht durch die kokelnden Lederhandschuhe – legt sich sacht auf den Stahl. Es ist ein sagenhafter Anblick, der sich mir da bietet, und mit jeder Sekunde fällt mir ein weiteres Kilo Gewicht von den Schultern.

Es ist weg. Alles weg.

Als dem Feuer nach und nach die Nahrung ausgeht, bin ich fast ein wenig enttäuscht. Jetzt heißt es abwarten. Noch ist die Hitze viel zu groß für den nächsten Schritt, das weiß ich genau. Trotzdem werde ich hibbelig. Ich war noch nie sonderlich geduldig. Ich brauche *Action*.

Um mir die Zeit zu vertreiben, mache ich einen kleinen Spaziergang über den Parkplatz. Viel gibt es nicht zu sehen. Schon nach wenigen Schritten ziehe ich mein Smartphone aus der Manteltasche und beginne, lustlos darauf herumzudrücken.

Ich überfliege einen Leitartikel im *Ärzte-Blatt* zum Thema Krebsforschung, kann mich aber nicht so recht darauf konzentrieren. Also öffne ich das Mail-Programm und ärgere mich gerade tierisch darüber, dass mein Chef an einem Sonntagabend nichts Besseres zu tun hat, als mir noch mehr Arbeit aufzuhalsen – da beginnt das Gerät in meiner Hand plötzlich zu vibrieren. Auf dem Display steht »Annabelle«.

Na sowas.

Da ich gerade ohnehin nichts Besseres zu tun habe, nehme ich den Anruf entgegen.

»Schwesterherz! Wie komme ich zu der Ehre?«

»Och Alex, jetzt tu bitte nicht so, als würde ich mich nie bei dir melden. Es ist einfach echt viel los bei mir, das weißt du doch.«

»Entschuldige bitte«, lenke ich ein, aber sie hört mir gar nicht zu.

»Die Sekretärin läuft wahrscheinlich demnächst Amok, und Klaus hat mir schon wieder einen Mandanten geklaut.«

»Das tut mir leid«, heuchle ich. In Wahrheit empfinde ich Schadenfreude.

So ist das eben unter Geschwistern. Insbesondere bei Zwillingen.

»Ach, schon gut.« Ihre Stimme bekommt einen eigenartig schwärmerischen Unterton. »Er hat ja auch deutlich mehr Erfahrung als ich.«

Papas braves Töchterlein hat was mit seinem besten Freund am Laufen – einem deutlich älteren, verheirateten Mann!

Die Vorstellung widert mich an, obwohl ich den Verdacht schon länger hege. Selbst auf der Beerdigung im Frühjahr saßen die beiden dicht beieinander, haben fast schon geturtelt.

Gäbe es einen Himmel und würde mein Vater von da oben auf uns herabschauen, er würde sein Testament ganz sicher bereuen. Ich schlucke die Wut, die sich mir bei dem Gedanken durch die Gedärme frisst, gewaltsam hinunter.

»Alex? Bist du noch dran?«

Auf der Autobahn donnert ein LKW vorbei, und ich muss brüllen, um mich verständlich zu machen. »JA!«

»Wo steckst du denn überhaupt?«

»Auf einem Parkplatz kurz hinter Leipzig«, antworte ich wahrheitsgemäß. In der einsetzenden Stille klingt meine Stimme ohrenbetäubend laut.

»Was machst du denn in Sachsen?«

Ich grinse. »Ich war beim Bundesliga-Spiel, jetzt bin ich auf der Rückfahrt.«

»Fußball? Pfff.«

Ich kann ihr die Abneigung gegen diesen Sport nicht verübeln, muss aber bei meiner Story bleiben. »Manchmal überkommt es mich halt. Ich bin auch nur ein Mann.«

Damit sie keine weiteren Fragen stellt, lenke ich das Gespräch wieder zurück: »Wie geht es Klaus denn? Ich habe ihn ja schon ewig nicht mehr gesehen.«

»Witzig, dass du das sagst. Gerade gestern hat er mich gefragt, ob wir ihn nächsten Monat zur Hasen-Jagd begleiten wollen. Du weißt schon, so wie mit Papa früher.«

»Du willst mich auf den Arm nehmen, oder?«

Sie lacht. »Gib dir einen Ruck! So schlecht warst du damals nun auch wieder nicht!«

»Ich habe mir fast in den eigenen Fuß geschossen!«

»Da waren wir noch klein. Vielleicht hast du in der Zwischenzeit ja doch noch Talent entwickelt.«

Habe ich nicht. Ich habe es ausprobiert. Schusswaffen sind einfach nicht mein Ding. Meine Stunde kommt, wenn es ums Ausweiden geht.

»Danke, aber nein«, sage ich deshalb und sehe mich verstohlen nach der Mülltonne um. Mittlerweile dürfte genügend Zeit vergangen sein. »Hör mal, Schwesterchen, ich freue mich, dass wir mal wieder plaudern konnten, aber —«

»Du hast es vergessen«, bricht es aus ihr heraus, bevor ich sie abwürgen kann.

Also doch. Der Anruf hat sehr wohl einen Grund.

»Schon wieder, Alex? Ist sie dir denn völlig egal?« Sie beginnt zu schniefen.

Langsam dämmert es mir. »Unsere Mutter hätte heute Geburtstag.« Mir ist völlig schleierhaft, warum Annabelle einer Frau nachweint, die siebenundzwanzig Minuten nach ihrer Geburt verstarb. Aber ich traue mich nicht, ihr das zu sagen.

Stattdessen warte ich schweigend, während meine Zwillingsschwester einen ihrer hysterischen Anfälle bekommt.

»Mama wäre heute fünfundsechzig geworden!« Sie stöhnt, putzt sich die Nase und jammert anschließend unartikuliert ins Telefon. Die Minuten vergehen, ohne dass ein Ende des ganzen Theaters in Sicht käme.

Nach einer geschlagenen Viertelstunde wage ich einen neuerlichen Versuch, das Gespräch zu beenden. »Ich sollte langsam wirklich los. Immerhin habe ich noch vier Stunden Fahrt vor mir und –«

»Ist die Freisprecheinrichtung in deinem geliebten Männer-Spielzeug kaputt?«, mault sie schnippisch.

Herrgott nochmal.

Wut kocht in mir hoch, aber ich drücke sie mit aller Macht weg. Ich will mich nicht doch noch verdächtig machen. Annabelle hat einen sechsten Sinn für so etwas. »Nein. Aber ehrlich gesagt wollte ich gerade pinkeln gehen. Deshalb stehe ich jetzt hier seit Ewigkeiten auf diesem Parkplatz herum und friere mir mein bestes Stück ab.«

»Oh.«

»Wir hören uns bald wieder, okay?«

Sie schnieft.

»Bis dann.« Ich lege auf, ohne eine Antwort abzuwarten. Erfahrungsgemäß kann ich ohnehin nichts sagen, das ihr in diesem Zustand weiterhilft.

Zurück zur Mülltonne. Endlich.

Der Inhalt ist zu schwarzen Klumpen und Asche verschmort. Ich packe das Smartphone weg und ziehe stattdessen den Einweghandschuh aus der Tasche.

Man kann nie vorsichtig genug sein.

Ich stochere in dem Behälter herum, bis ich gefunden habe, wonach ich suche. Das Klappmesser ist schwarz angelaufen, aber der Stahl hat dem Feuer natürlich standgehalten.

Ich ziehe das Ding heraus und werfe es mit einem beherzten Schwung ins Gebüsch. Dort wird es viele Tage, Wochen, vielleicht sogar Monate liegen, bis es jemand entdeckt. Ein Wildpinkler vielleicht. Ich grinse in mich hinein.

Bis dahin wird der Regen eventuell verbliebene Spuren meiner Tat längst abgewaschen haben.

Es ist weg. Alles weg.

Bis auf das Video natürlich.

Kurz regen sich Zweifel in mir, aber ich schiebe sie energisch beiseite.

Es wird Zeit. Ich gehe zum Wagen zurück und schließe endlich die verdammte Kofferraumklappe. Im Innenraum ist es eiskalt, und sobald ich hinter dem Steuer sitze, drehe ich die Heizung voll auf. Bevor ich den Motor starte, werfe ich einen letzten, zufriedenen Blick Richtung Mülltonne.

Wenige Minuten später schießt der AMG mit zweihundert Sachen der Heimat entgegen.

FÜNF

Riesige Kinderaugen starren mich vorwurfsvoll an.
Sie schimmern tiefgrün wie edle Smaragde,
erhaben, beinahe majestätisch.
»Bitte«, höre ich mich selbst mit piepsiger Stimme
flehen, »bitte verzeih mir. Das wollte ich nicht.«
Blinder Hass schlägt mir entgegen. Er spricht eine
klare Sprache: Du bist ein Nichts.
»Nein, bitte! Es war ein Unfall! Ich könnte doch
nie –«

Ich zucke zusammen, blinzle mehrmals und brauche eine Weile, um zu realisieren, wo ich bin. Ägyptische Baumwolle klebt an meinem schweißnassen Körper. Es ist taghell. Irgendwo brodelt eine Kaffeemaschine. Der Wecker zeigt *10:14* – genau eine Minute vor der für das Signal gespeicherten Uhrzeit.

Mit wild pochendem Herzen setze ich mich auf und deaktiviere die Weckfunktion. Dann öffne ich die Schublade des Mahagoni-Nachttischchens und hole ein billiges Smartphone hervor. Die darin enthaltene Prepaid-Karte kann nicht zu mir zurückverfolgt werden. GPS, Bluetooth und alles andere, das mich eventuell verraten könnte, ist dauerhaft deaktiviert. Sobald ich das Gerät eingeschaltet habe, kann ich allerdings die Internetfunktion nutzen.

Ich google »Kindsmord Berlin« und »Berlin Mord Spieleland«, erhalte aber beide Male keine passenden Treffer. Selbst die Startseite der *Berliner Zeitung* liefert nichts, das auch nur ansatzweise darauf hinweist, was in der vergangenen Nacht geschehen ist.

Dabei sind die Schmierfinken doch sonst so schnell. Schon eigenartig.

Nach einem Artikel zum Angriff auf eine Obdachlose im Park suche ich gar nicht erst. Zum einen bin ich mir nicht sicher, ob die Frau tot oder nur bewusstlos war. Zum anderen ist den Herren Journalisten der Bodensatz der Gesellschaft nur selten eine Zeile wert.

Langsam beruhigt sich mein Puls. Ich schalte das Telefon aus, packe es zurück in die Schublade und beschließe, aufzustehen. Meine Muskeln lamentieren. Trotzdem hieve ich mich aus dem King-Size-Bett und schleppe mich ins Bad. Ein Blick in den Spiegel bestätigt: Die Nacht war zu kurz. Meine Haut sieht aufgedunsen aus, die Lider verquollen.

Ein Hoch auf den Fuchs, der sich in weiser Voraussicht den Vormittag im Kalender geblockt hat.

Vor eins erwartet mich keiner im Büro, ich habe also genügend Zeit, mich wiederherzurichten. Der warme Strahl der Regendusche ist ein guter Anfang. Ich wasche den Schweiß ab und fühle mich gleich viel lebendiger.

Nur mit einem Handtuch um die Hüfte, gehe ich anschließend barfuß über das Eichenparkett durch den Flur und in den großzügigen Wohnbereich mit offener Küche. Heißer Kaffee, Schritt zwei meiner Morgenroutine, wird auch die letzten Spuren der unruhigen Nacht beseitigen. Dank der Timer-Funktion der Maschine wartet er bereits auf mich.

Das betörende Aroma frischgemahlener Bohnen wabert durch den Raum, während ich mir einen Becher vollgieße und mich kurz darauf auf dem schicken, schwarzen Ledersofa niederlasse. Von hier aus habe ich durch die bodentiefen Panoramafenster einen atemberaubenden Ausblick auf die Skyline des Frankfurter Bankenviertels.

Im Sommer setze ich mich mit meinem Kaffee oft auf den zwanzig Quadratmeter großen Balkon. Doch jetzt, Mitte Oktober, ist es nasskalt und zugig im sechzehnten Stock.

Ich schalte den Fernseher ein und wähle über die Onlinefunktion einen Radiosender, der nonstop Smooth Jazz verspricht. Sanfte Pianoklänge, untermalt vom dezenten Takt eines Schlagzeugs, hallen durch die Wohnung. Ein Saxophon setzt ein, spielt eine melancholisch verträumte Melodie, die zum Entspannen einlädt. Ich schließe die Augen. Plötzlich fällt mir das gestrige Telefonat mit Annabelle wieder ein.

Mama wäre heute fünfundsechzig geworden!

Obwohl ich die Trauer meiner Schwester nach wie vor nicht nachvollziehen kann, zieht es mich ins Arbeitszimmer. Dort, versteckt in einer Originalausgabe von Salingers *Der Fänger im Roggen*, befindet sich das einzige Foto, das ich von meiner Mutter habe.

Einige Jahre vor meiner Geburt in den Flitterwochen entstanden, zeigt es eine junge, sichtlich glückliche Frau am Strand. Sie trägt einen Bikini und muss wenige Sekunden zuvor aus dem Meer gestiegen sein.

Aus blonden, triefnassen Haaren sickern Wassertropfen den makellosen Körper hinab. Die perfekte Urlaubsbräune betont die grünen Augen und das nicht minder strahlende Lächeln. Um den Hals trägt sie eine silberne Kette mit grünem Medaillon, auf dem der Heilige Benedikt abgebildet ist, der Schutzpatron der Lehrer.

Während ich das Foto meiner Mutter betrachte, keimt Wut in mir auf. Außer dem guten Aussehen, hat sie uns nichts mit auf den Weg gegeben. So vieles in meinem Leben wäre anders verlaufen, wäre *sie* nur ein wenig stärker gewesen. Doch statt zu kämpfen, dem Tod von der Schippe zu springen, hat sie uns einfach verlassen.

Ich stecke das Foto zurück in das Buch, das heute sicher mehrere Tausend Euro wert ist und einst ihr gehörte, wie ein handgeschriebener Vermerk auf der Schmutzseite verrät. Zornig werfe ich es in den Papierkorb. Diese Frau ist keine Sentimentalitäten wert.

Happy Birthday nachträglich, Mama! Jetzt ist die Erinnerung an dich da, wo sie hingehört: im Müll.

Meine Putzfrau wird sich am Donnerstag darüber freuen – sofern sie den Wert des ungewöhnlichen Fundes überhaupt einzuschätzen weiß. Wenn nicht, landet das Ding eben auf der Deponie und schließlich im Schredder.

Ich wende mich ab und gehe in den angrenzenden Raum, wo ich das Handtuch endlich gegen Hemd und Anzug tauschen will. Mein Ankleidezimmer, mit gerade einmal zehn Quadratmetern das kleinste im Apartment, war einst für Gäste gedacht.

Hier wollte mein Vater seine Saufkumpane unterbringen, wenn es im Nobel-Club wieder einmal spät werden und ihm der Heimweg zur Villa zu lang erscheinen sollte. Ein Refugium für Champagnergelage und Edel-Nutten sollte die Wohnung werden.

Zu seinem Pech – und meinem Glück – verstarb Hartmut Graf noch bevor das Gebäude bezugsfertig war, und so stehe ich nun vor offenen Schränken, die meine Designer-Anzüge beherbergen, statt vor einem übernächtigten Ü-Sechziger mit Whisky-Fahne. Der bereits engagierten und mit einem großzügigen Vorschuss ausgestatteten Innenarchitektin war der Wechsel zum jüngeren Stil nur recht.

Ich entscheide mich für ein Hemd in Bordeaux und einen schwarzen Cashmere-Einreiher.

Eigentlich ist das zu schick fürs Büro; die meisten meiner Kollegen tragen Jeans. Aber ich fühle mich wohl darin, weil Anzüge Wohlstand und Macht ausstrahlen. Schwarze Lederschuhe runden den Look ab. Auf Krawatte und Einstecktuch verzichte ich.

Draußen ist es inzwischen ein wenig aufgeklart. Ein Blick auf die Rolex, die ich aus einem kleinen Fach nehme und umlege, verrät mir, dass ich noch Zeit für einen Spaziergang habe. Die frische Luft wird mir guttun, und ich kann unterwegs ein paar Fachmagazine kaufen. Das medizinische Kauderwelsch lese ich lieber auf Papier.

Kurzentschlossen streife ich einen Mantel von *Brunello Cucinelli* über, schnappe mir auf dem Weg durch den Flur Smartphone und Brieftasche vom Sideboard, öffne die Wohnungstür – und bleibe abrupt stehen. Auf der Fußmatte liegt ein kleiner, gepolsterter Umschlag. Er ist schwarz und trägt ein eigentümliches Muster, das sich wie verästelte Adern über die gesamte Oberfläche erstreckt.

Wie kommt der denn hierher?

Der Grand Tower verfügt über einen Concierge-Service. Eingehende Post wird an der Rezeption hinterlegt, niemals gebracht. Auch scheint dieser Brief gar nicht versandt, sondern persönlich hier abgelegt worden zu sein. Und das, obwohl keiner der Hausangestellten jemals einen Besucher nach oben lassen würde, ohne dies vorher anzukündigen.

Hastig sehe ich mich nach dem unbekannten Boten um, kann aber keine Menschenseele entdecken. Mich beschleicht ein ungutes Gefühl. Trotzdem gebe ich mir einen Ruck und nehme den Umschlag an mich. Als ich die Lasche aufreiße und hineinspähe, stockt mir der Atem. Ich sehe einen goldenen USB-Stick. Daneben klemmt ein Zettel, der nur eine einzige Zeile enthält.

50.000 Euro. Sofort.

SECHS

Mein Puls schießt so schnell in die Höhe, dass mir schwindlig wird und ich mich am Türrahmen festhalten muss, um nicht umzukippen.

Nein, es darf nicht das sein, wofür ich es halte.

Schlagartig sind meine Hände taub. Das Gefühl weitet sich aus, zieht über die Arme bis zum Hals und schließlich ins Hirn. Den leeren Flur, den Boden unter meinen Sohlen, den Umschlag zwischen den Fingern – das alles nehme ich nur noch dumpf wahr, so als wäre ich plötzlich einige Meter tief unter Wasser oder gänzlich in Watte verpackt.

Ich taumle zurück, drücke die Wohnungstür ins Schloss. Der Druck um meine Brust wird etwas erträglicher.

Obwohl ich längst zu wissen glaube, was sich auf dem USB-Stick befindet, muss ich es mir ansehen. Ich muss Gewissheit haben.

Das Macbook, das auf dem Schreibtisch im Arbeitszimmer steht, ist innerhalb weniger Sekunden einsatzbereit. Ich fummle den Stick aus dem Umschlag, brauche aber mehrere Anläufe, um ihn in den dafür vorgesehenen Slot zu stecken. Meine Finger sind schweißnass und zittern.

Als ich es endlich geschafft habe, öffnet sich ein neues Fenster auf dem Computer-Display. Es zeigt eine einzelne Video-Datei, gerade einmal fünf Sekunden lang.

Fünf Sekunden, die mein Leben für immer verändern könnten.

Wieder taucht die düsterkalte Zelle vor meinem inneren Auge auf. Handschellen. Brutale Schlägertypen, die einen Kindsmörder mit großer Freude windelweich prügeln.

Und Schlimmeres …

Bevor mich die Vision in den Wahnsinn treibt, reiße ich mich zusammen, führe den Cursor zur Datei und klicke darauf.

Vielleicht ist es gar nicht so schlimm.

Auf dem Display poppt ein weiteres Fenster auf. Eine körnige Schwarzweißaufnahme zeigt den Eingangsbereich des *Kinder-Spiele-Tobe-Lands.*

Noch bevor ich den Schock, mit meiner bangen Vermutung ins Schwarze getroffen zu haben, verdauen kann, stürmt ein Mann ins Bild. Die schwarze Kapuze seines Hoodies verdeckt das Gesicht.

Gott sei –

Ich halte den Atem an.

Der Kerl im Video bleibt stehen, dreht den Kopf nach rechts, von der Kamera weg, dann nach links – in die Linse hinein.

Verdammt!

Mein Alter Ego stürmt wieder los, verschwindet außerhalb des Kamerawinkels. Millisekunden später wird das PC-Fenster schwarz.

Ich blinzle mehrmals, habe die absurde Hoffnung, dass ich mir das alles nur eingebildet habe, und spule noch einmal zurück. Wieder läuft der Kapuzenmann ins Bild, wieder bleibt er stehen. Wieder blickt er von der Kamera weg, dann genau hinein.

Ich stoppe die Aufnahme, starre auf den Bildschirm und muss mir eingestehen, dass es da kein Vertun gibt. Das bin ich. Zweifellos und unverkennbar.

So eine verdammte Scheiße!

Eine neuerliche Panikwelle reißt mich mit sich. Mein Mund ist staubtrocken, die Gliedmaßen taub. Ein dumpfes Dröhnen hallt von den Schädelwänden wider. Der Schmerz erreicht ungeahnte Höhen, als sich eine weitere Erkenntnis in mein Bewusstsein bohrt: Der Umschlag wurde persönlich zugestellt.

Wer auch immer mir diese Aufnahme hat zukommen lassen, weiß ganz genau, wer ich bin. Ich bin kein ominöser Fremder, den die Polizei niemals mit dem Mord in Verbindung bringen und ausfindig machen kann.

Ich bin Alexander Graf, der Mörder. Und irgendjemand hat das herausgefunden.

Für sich allein genommen ist die Aufnahme natürlich noch kein stichhaltiger Beweis.

Aber zusammen mit der Aussage dieser blöden Grufti-Göre ... Warum sind sie dann noch nicht hier? Wo sind die Beamten, die meine Wohnung stürmen und mir Handschellen anlegen?

Die Antwort liegt auf der Hand. Trotzdem brauche ich einige Sekunden, um eins und eins zusammenzuzählen.

Die Kripo weiß noch nichts davon. Und das kann auch so bleiben – wenn der Erpresser bekommt, was er will.

Geld. Natürlich musste es darauf hinauslaufen. Das tut es immer.

Ich habe damit gerechnet, eines Tages teure Anwälte beauftragen zu müssen, weil doch irgendwann Hinweise, kleine Unstimmigkeiten in meiner Story oder Indizien auftauchen. Ein geschickter Rechtsverdreher sollte sie ad absurdum führen und mich raushauen. Die Rechnung wollte ich dann später in Raten abstottern, ein paar Dinge verkaufen, zur Not auch Annabelle um Hilfe bitten.

Worauf ich nicht vorbereitet bin, ist diese dreiste Forderung samt hieb- und stichfestem Beweis.

50.000 Euro. Sofort.
Sonst gehe ich in den Knast.

Schlagartig werde ich sauer. Was fällt dieser Person ein, mich so direkt anzugreifen? Mich! Alexander Graf! Und dann auch noch mit einer solch abstrusen Botschaft. Was soll das überhaupt heißen, *sofort?*

Doch die Wut verraucht, so schnell sie gekommen ist. Panik schleicht sich zurück in mein Bewusstsein.

Das Problem ist: Ich habe kein Geld. Zumindest nicht so viel. Mein Erbe habe ich in den AMG, die Uhren und Anzüge gesteckt. Der monatliche Lohn geht für die abstrus hohen Nebenkosten und meinen Lebensunterhalt drauf.

Mein Puls rast, während ich die URL der Bank ins Browserfenster eintippe. Seit Monaten habe ich die Webseite nicht mehr aufgerufen. Nachdem ich mit zittrigen Fingern Benutzernamen und Passwort eingegeben habe, bestätigt sich meine Befürchtung.

Der Kontostand beläuft sich auf wenig mehr als zehntausend Euro.

Scheiße!

Reflexartig beuge ich mich vor und fische die Salinger-Erstausgabe aus dem Papierkorb. Die Putzfrau wird noch warten müssen, bis sie zu Reichtum kommt. Ich brauche das Geld jetzt dringender. Stattdessen droht ihr womöglich die Kündigung.

Ich denke kurz darüber nach. Nein, auf diesen Service kann ich unmöglich verzichten. Außerdem greift die Maßnahme nicht schnell genug – genau wie alle anderen Einsparmöglichkeiten, die mir einfallen. Selbst der Verkauf des Buchs oder anderer wertvoller Gegenstände würde mehrere Tage in Anspruch nehmen. So viel Zeit bleibt mir nicht.

50.000 Euro. Sofort.

Wie zur Bestätigung gibt die Sprechanlage ein melodisches Läuten von sich. Ich zucke zusammen, klappe hastig das Macbook zu und stehe auf. Meine Beine fühlen sich plötzlich an, als wären sie aus Gummi.

Ist das der Kerl? Steht er schon unten in der Lobby? Er kann doch unmöglich davon ausgehen, dass ich so viel Bargeld zuhause rumliegen habe!

Ungelenk tapse ich aus dem Zimmer und zu dem Gerät, das im Flur in die Wand eingelassen ist. Der Bildschirm zeigt Peter, der heute offenbar die Tagschicht hat und geduldig darauf wartet, dass ich den Ruf entgegennehme.

»Ja?« Mehr als ein leises Hauchen bringe ich nicht zustande.

»Herr Graf«, sagt der Concierge und zieht die Stirn kraus, »hier stehen zwei Herren von der Kriminalpolizei. Sie wollen zu Ihnen.«

SIEBEN

Die beiden Beamten, die kurz darauf meine Wohnung betreten, könnten unterschiedlicher nicht sein. Der eine ist dicklich und kurz geraten, hat kaum noch Haare und trägt eine Hornbrille. Der andere ist ein muskelbepackter Hüne mit Bürstenschnitt und finsterem Blick.

»Danke, dass Sie uns empfangen, Herr Graf«, brummt er missmutig. »Mein Name ist Lukas Eisweiler. Das ist mein Kollege Bernd Strobel.«

Beide zücken ihre Dienstausweise.

Ich beruhige mich mit dem Gedanken, dass der Erpresser das Video unmöglich bereits der Polizei übergeben haben kann. Andernfalls hätte er die Chance auf das Geld verspielt.

Wozu dann das alles?

»Guten Morgen.« Ein Kloß schnürt mir die Kehle zu. Trotzdem setze ich mein freundlichstes Lächeln auf und führe die beiden ins Wohnzimmer.

Der Dicke stößt einen bewundernden Pfiff aus. »Was für eine Aussicht! Schön haben Sie es hier.«

Ja, so ein Apartment ist bei einem mageren Kripo-Salär nicht drin.

»Danke. Kann ich Ihnen einen Kaffee anbieten?«

Beide lehnen ab.

Mir bleibt nichts anderes übrig, als mich der Situation zu stellen. Ich zeige auf das Ledersofa und setze mich auf den Sessel schräg gegenüber.

Erst jetzt fällt mir auf, dass ich noch immer meinen Mantel trage. Ich öffne den Verschluss, will mir aber nicht die Blöße geben noch einmal aufzustehen. »Was kann ich für Sie tun?«

Dick und Düster lassen sich ebenfalls nieder, wirken aber irgendwie deplatziert. Zwischen all dem Luxus stechen die zwei in ihren billigen Klamotten von der Stange heraus wie Rotweinflecken auf einem weißen Teppich.

»Ist etwas passiert? Geht es meiner Familie gut?«, hake ich nach und bemühe mich um eine besorgte Miene.

Es ist von entscheidender Bedeutung, die Kontrolle über das Gespräch an mich zu reißen. Die beiden Kommissare sollen nicht den Eindruck gewinnen, sie hätten mich bereits in der Hand.

»Ihre Schwester ist wohlauf«, sagt Eisweiler knapp, verrät mir damit aber dennoch zwei Details.

Erstens haben sich die Beamten vor ihrem Besuch über mich und meine familiären Verhältnisse informiert. Zweitens lässt die gewählte

Ausdrucksweise des Hünen darauf schließen, dass er eine gute Kinderstube genossen hat.

Mein Herz pocht wie wild. Trotzdem warte ich ab, gebe mir den Anschein von Sorglosigkeit. »Da bin ich aber erleichtert.«

Die beiden Kommissare mustern mich argwöhnisch. Die Gesprächspause ist unangenehm, meine Nervosität steigt.

»Herr Graf«, bricht Eisweiler endlich das Schweigen, »kannten Sie eine Susanne Ernst?«

Mir wird erst heiß, dann eiskalt. Meine Hände beginnen zu zittern. Um sie unter Kontrolle zu bringen, verschränke ich die Arme vor der Brust. »Nicht, dass ich wüsste. Wer war sie?«

»Sie sprechen in der Vergangenheitsform?«

»Sie doch auch.« Ich bemühe mich krampfhaft, den starren Blick nicht trotzig, sondern unschuldig wirken zu lassen.

»Susanne Ernst wurde vor sechs Monaten in einem Weinberg bei Hagnau am Bodensee tot aufgefunden«, informiert mich Strobel.

Ich weiß.

»Das ist ja fürchterlich! Was ist passiert?« Ich reiße demonstrativ die Augen auf. Langsam finde ich in meine Rolle hinein.

»Sie wurde mit einer Halskette bis zur Bewusstlosigkeit gedrosselt.« Eisweiler beobachtet jede meiner Regungen ganz genau. »Anschließend erfolgte ein Messerstich in die Lunge, ein weiterer ins Herz.«

Auch das weiß ich, du Idiot! Aber wie kommt ihr verdammt nochmal auf mich?!

»Entsetzlich!« Ich schüttle entrüstet den Kopf. »Wer tut sowas?«

»Nun, Herr Graf, genau das versuchen wir herauszufinden.«

Sie können nichts gegen mich in der Hand haben, sonst hätten sie mich längst verhaftet.

»Hier?« Ich mache eine ausladende Geste in den Raum, um den beiden zu verdeutlichen, wo sie sich gerade befinden. »In einem Luxus-Apartment in Frankfurt? Bei mir?«

Ich habe keinerlei Spuren hinterlassen.

Der Hüne geht nicht auf meine gespielte Überraschung ein. »Waren Sie schon einmal in Hagnau, Herr Graf?«

»Ich wüsste nicht, was ich da sollte. Es liegt am Bodensee, sagen Sie?«

Er nickt.

Die gesamte Reise zu leugnen wäre gefährlich. Immerhin lässt sich sowas nachprüfen.

»Geschäftlich war ich für ein paar Tage in Konstanz«, erkläre ich deshalb wahrheitsgemäß. »Im Frühjahr muss das gewesen sein. Aber ein Ort namens Hagnau sagt mir überhaupt nichts. Ist das in der Nähe?«

Mit der Fähre nur eine Stunde entfernt.

»Es liegt auf der anderen Seite des Sees«, bestätigt Strobel.

»Bitte entschuldigen Sie, aber ich muss Sie das fragen«, wage ich einen Vorstoß. »Wie kommen Sie denn nun im Zusammenhang mit dieser ermordeten Frau ausgerechnet auf mich?«

»Nun.« Strobel zögert.

»Verstehen Sie mich nicht falsch«, setze ich schnell nach, »wenn ich Ihnen helfen kann, dann tue ich das natürlich jederzeit gerne! Ich bin nur etwas verwundert.«

»Es gab einen anonymen Hinweis«, brummt Eisweiler. Sein Blick klebt an mir.

Ich werde wieder nervös.

Eine Machtdemonstration! Dieser verdammte Erpresser muss die Ermittler auf meine Fährte gelenkt haben.

»So?«

Strobel scheint weniger skeptisch als sein Kollege. »Ach, wir müssen einfach jedem Hinweis nachgehen. Das ist Routine. Machen Sie sich bitte keine allzu großen Sorgen.«

Und ob ich mir die mache!

Ich nicke verständnisvoll. »Es tut mir leid, dass Sie umsonst hergekommen sind.«

»Nur noch eine Frage.« Eisweiler gibt nicht so schnell auf. Er zieht ein Polizeifoto aus der Tasche und hält es mir entgegen. »Haben Sie dieses Schmuckstück schon einmal gesehen?«

Ich zögere, will den Beamten kein weiteres Indiz liefern. Gleichzeitig habe ich Angst, mich in Lügen zu verstricken, die irgendwann ans Licht kommen könnten. Also entscheide ich mich für die halbe Wahrheit.

»Das ist der Heilige Benedikt, oder?« Ich deute auf die silberne Figur, die das grüne Medaillon ziert. »Ich glaube, meine Mutter hat eine ganz ähnliche Halskette besessen. Sie war auch Lehrerin.«

»Wissen Sie, Herr Graf, genau das ist seltsam an dieser Geschichte.« Die Augen des Hünen funkeln böse. »Susanne Ernst war *keine* Lehrerin, sondern Bürofachangestellte. Es ist daher anzunehmen, dass die Kette nicht ihr gehört hat.«

Ich runzle die Stirn. »Vielleicht hat ihr der Anhänger auch einfach gefallen, und sie wusste nicht um dessen Bedeutung?«

Das Smartphone in meiner Manteltasche vibriert. Ich ziehe es heraus und sehe eine Terminerinnerung. Wenn ich pünktlich um dreizehn Uhr im Meeting sein will, muss ich jetzt los.

»Meine Herren«, sage ich bestimmt und stehe auf, »es tut mir wirklich leid, dass ich Ihnen nicht weiterhelfen konnte. Jetzt erwartet man mich im Büro.«

Die Kommissare erheben sich ebenfalls.

»Wir müssen Sie bitten, sich zu unserer Verfügung zu halten, Herr Graf«, mahnt Eisweiler, während ich die beiden zur Tür begleite.

»Selbstverständlich!« Ich nicke eifrig. »Und falls mir doch noch etwas einfallen sollte, erreiche ich Sie über welches Revier?«

Der Hüne klopft auf den Gürtel, an dem neben der Dienstwaffe auch ein veraltetes Handy angebracht ist. »Besser mobil. Die Nummer finden Sie hier.« Er reicht mir eine Visitenkarte.

Ich nehme sie entgegen, wünsche den beiden einen schönen Nachmittag und beobachte, wie sie Richtung Aufzug schlendern. Erst als sich die Schiebetür hinter ihnen geschlossen hat, fällt mein gekünsteltes Lächeln von mir ab.

Puh! Wusste ich's doch: Sie haben nichts gegen mich in der Hand – noch nicht.

Viel Zeit zum Durchatmen bleibt mir nicht. Ich schnappe mir die Aktentasche vom Sideboard, stopfe die Karte und mein Smartphone hinein und eile ebenfalls zum Lift. Die beiden Beamten müssen derweil schon wieder in der Lobby angekommen sein.

Ich fahre weiter nach unten, in die Tiefgarage, steige in den AMG und brause los. Der Druck um meine Brust nimmt ab, je weiter ich mich vom Grand Tower, den Kommissaren und dem verräterischen USB-Stick, entferne.

Trotzdem gleitet mein Blick immer wieder in den Rückspiegel.

Irgendwo muss er sein, der Kerl, der mich ausfindig gemacht und mir das Video vor die Tür gelegt hat. Der Erpresser, der alles, was ich mir aufgebaut habe, zunichte machen wird – weil ich die geforderte Summe nicht bezahlen kann.

Sobald er das erfährt, werden die Beamten wieder vor meiner Tür stehen, da bin ich sicher. Und diesmal werden sie mich verhaften.

Ich höre die Handschellen schon klicken.

ACHT

Erst als sich die Schranke hinter meinem Wagen schließt, atme ich auf. Es ist wohl das erste Mal, dass ich mich innerhalb des eingezäunten Werksgeländes wohler fühle als draußen.

Um diese Uhrzeit sind fast alle Parkplätze belegt, und ich muss den AMG in der letzten Reihe abstellen. Würde ich rennen, könnte ich es vielleicht noch schaffen, halbwegs pünktlich im Konferenzraum zu sein. Ich entscheide mich dagegen. Die wichtigen Leute kommen immer zu spät. Außerdem will ich nicht verschwitzt und mit hochrotem Kopf im Meeting sitzen.

Verpassen kann ich eh nichts in diesem Kindergarten.

Diese Vermutung bestätigt sich, als ich vierzehn Minuten nach eins die Tür öffne. Angeleitet von einem Glatzkopf mit Fliege absolvieren meine Kollegen gerade einen Wettkampf, der abstruser nicht sein könnte: In zwei Teams falten und werfen sie Papierflieger quer durch den Raum. Das ganze Spektakel ist untermalt von lauten Rufen, ab und an ertönt ein unterdrückter Fluch.

»Jaaaa, der war richtig nah dran.«

»Ihr müsst die Ecken hochklappen, Leute! Schaut doch mal auf die Anleitung!«

»Verdammte Sch–, das war nix!«

Ich bleibe halb belustigt, halb genervt im Türrahmen stehen.

Und dafür bin ich ins Büro gekommen?!

Was wie der fünfte Geburtstag eines sozial benachteiligten Kindes anmutet, ist in Wahrheit ein Experiment, das aufzeigen soll, wie Engpässe entstehen und wie man diese in den Griff bekommt. Zumindest behauptet das der Glatzkopf, kurz nachdem Team zwei einen knappen Sieg errungen hat.

»Wie Sie sicher bemerkt haben, sind diejenigen von ihnen, die mehr als einen Arbeitsschritt übernommen haben, bald in Verzug geraten und haben so die gesamte Produktion verzögert«, erklärt er, während sich meine Kollegen setzen.

»Mit dem unausweichlichen Ergebnis, dass die Papierflieger nicht mehr ordentlich gefaltet werden und die Zielvorgabe, fünf Meter Flugdistanz, nicht erreicht wird. Ob Sie es glauben oder nicht, es handelt sich um eine Situation, die sich auf viele Ihrer Projekte übertragen lässt.«

Ich glaube es nicht.

Noch scheint mich keiner der Anwesenden bemerkt zu haben.

Ich trete einen Schritt zurück –

»Das Experiment nennt sich *Kanban Paper Airplanes* und soll Ihnen helfen, agile Methoden besser zu verstehen und in Ihren Arbeitsalltag zu integrieren.«

– und schließe die Tür.

Nein, für so einen Schwachsinn fehlt mir heute die Geduld.

Stattdessen mache ich mich auf den Weg in die Kaffeeküche.

»Na, keine Lust auf noch mehr *Agility?*«, begrüßt mich Assistentin Laura schmunzelnd. Offenbar hat sie sich ebenfalls erfolgreich vor dem Termin gedrückt.

»Ganz sicher nicht. Ich habe genug andere Sorgen.«

50.000 Euro. Sofort.

Ich schaudere, versuche mir aber nichts anmerken zu lassen. »Den heutigen Coach kenne ich noch gar nicht.«

Sie rümpft die Nase, was sie irgendwie keck wirken lässt. »Neue Agentur. Die alte wollte mehr Geld, nachdem du vor zwei Wochen bei der *Marshmallow-Challenge* so ausgetickt bist.«

Die Gänsehaut, die mich beim Gedanken daran überfällt, überspiele ich mit einem süffisanten Grinsen. »Ganz ehrlich: Ich würde es wieder tun. Ich werde nicht dafür bezahlt, aus Spaghetti und Naschkram einen Turm zu bauen.«

Tatsächlich bin ich nicht ganz so stolz darauf. Mein Wutausbruch hat mir jede Menge Ärger eingebracht.

Vielleicht sollte ich doch mal über eine Aggressionstherapie nachdenken.

»Recht hast du!« Laura wendet sich wieder der Spülmaschine zu und beginnt, das Geschirr in die Schränke zu räumen. »Hierbei allerdings könntet ihr mir ruhig ab und zu mal zur Hand gehen – Manager hin oder her. Da bricht euch doch wohl kein Zacken aus der Krone.«

Hat die den Schuss nicht gehört?!

Sofort ist mein Anflug von Sympathie verschwunden. Ich schiebe mich an ihr vorbei und greife nach dem schwarzen Becher, den ich von Zuhause mitgebracht habe, stelle ihn unter den Ausguss der Kaffeemaschine und drücke auf den Startknopf. »Zu viel zu tun, sorry.«

Das Geräusch des Mahlwerks übertönt die zweifellos schnippische Antwort. Dafür spricht Lauras Gesichtsausdruck Bände. Beliebt gemacht habe ich mich gerade jedenfalls nicht. Sobald ich die Tasse herausziehen kann, mache ich mich vom Acker.

Im Flur kommt mir dann aber doch noch eine Idee. Ich laufe zurück, strecke den Kopf noch einmal in die Küche und säusle: »Laura, Liebes, könntest du mir einen Gefallen tun und einen

Banktermin für mich vereinbaren? So schnell wie möglich.«

Sie rollt mit den Augen. »Alex, das ist eigentlich nicht mein —«

»Danke!« Schon bin ich wieder weg. So viel sie auch maulen mag, sie ist pflichtbewusst genug, mich nicht im Regen stehenzulassen.

Ich balanciere den Becher, der bis zum Rand mit dampfendem Kaffee gefüllt ist, zu meinem Schreibtisch, wo penible Ordnung herrscht. Bildschirm, Tastatur und Maus sind die einzigen Gegenstände, die sich auf der Arbeitsplatte befinden dürfen. Alle anderen sind fein säuberlich in Schubladen verstaut.

Die Aktentasche lehne ich an die Wand. Nur wenn alles seinen Platz hat, fühle ich mich wohl. Der Mensch braucht Struktur, sonst versinkt er im Chaos.

Und Chaos bringt Fehler mit sich …

Unweigerlich denke ich an das Desaster im Indoor-Spielplatz zurück. An den fehlenden, letzten Stich. An vorwurfsvolle, tiefgrüne Kinderaugen. Und an das Video, das mein Leben ruinieren wird.

Für einen Moment bin ich versucht, Annabelle anzurufen, sie als meine Anwältin zu verpflichten und ihr alles zu beichten. Aber ich bringe es nicht übers Herz, sie derart zu enttäuschen. Ich mag nicht immer der Bruder sein, den sie sich wünscht, doch für die ganze Wahrheit ist sie ganz sicher nicht gewappnet.

Außerdem, schlagartig werde ich wütend, *was weiß sie schon von echten Problemen?! Niemand könnte ihre zuckersüße heile Welt –*

»Die Bankberaterin, eine Frau Agnes Stanczak, erwartet dich um halb drei.«

Ich zucke zusammen, entdecke Laura neben mir. »Mein Gott, hast du mich erschreckt!«

»Entschuldige.«

Ihr Lächeln stimmt mich wieder versöhnlich. »Wann sind die anderen mit der Bastelstunde fertig?«

»Um drei. Du kannst dich also vorher rausschleichen. Wenn mich einer fragen sollte, sage ich einfach, du bist in einem Meeting.«

Ich hebe die Kaffeetasse, als wolle ich einen Toast aussprechen. »Ein Hoch auf die Vertrauensarbeitszeit, bei der du zwar nicht stempelst, aber auf Schritt und Tritt und rund um die Uhr von den Kollegen überwacht wirst.«

Laura lacht und stößt mit mir an. Trotzdem beschleicht mich das Gefühl, dass sie es nicht ehrlich meint. Ich bin Market Analytics Manager, sie nur Assistentin.

Vielleicht wird sie nicht nur dafür bezahlt, Geschirr wegzuräumen, Termine zu koordinieren und Dienstreisen zu planen. Sondern auch für ihr wunderbares, glockenhelles Lachen.

Alles im Leben hat seinen Preis. Nicht jeder kann ihn aufbringen.

Betrübt blicke ich ihr nach, während sie den Raum verlässt. Dann ziehe ich den Mantel aus, hänge ihn an den Garderobenständer und starte den Computer.

Wenige Minuten später wende ich mich einer Excel-Tabelle mit vielen Spalten, Zeilen und Funktionen zu. Auf Basis der Ergebnisse unserer Marktforschung soll ich eine Erfolgsprognose für das kommende Quartal erstellen.

Ich fühle mich der Firma nicht verbunden, nicht einmal so recht zugehörig. Aber meine Arbeit macht mir Freude, weil sie der Logik folgt. Zahlen lügen nicht. Sie können dich nicht betrügen. Und du kannst sie nicht enttäuschen.

Normalerweise beruhigt mich meine Tätigkeit. Heute will das nicht so recht klappen. Immer wieder muss ich die kreisenden Gedanken zurück auf den Bildschirm lenken.

So hochtrabend und prestigeträchtig meine Stellenbeschreibung auch klingen mag, sitze ich doch meistens hier am Rechner und benutze simple Mathematik. Wahrscheinlichkeitsrechnung, um genau zu sein. Ab und zu reise ich quer durch Deutschland, stehe hinter einem Einwegspiegel, der mir das Gefühl gibt, James Bond zu sein, und mache mir Notizen dazu, wie Ärzte unsere Medikamente finden. Dafür werde ich bezahlt. *That's it.*

Seit etwas mehr als einem Jahr allerdings hat die Geschäftsführung Hummeln im Hintern, will den Konzern *agiler* machen, was auch immer das bedeuten mag. Seither basteln wir Papierflieger, bauen Spaghetti-Türme und machen allerlei anderen kindischen Blödsinn, der uns eine Lehre sein soll, uns aber in Wirklichkeit nur erniedrigt.

Wie etwa das Bällebad ...

Unaufhaltsam schleicht sich die Erinnerung an den Indoor-Spielplatz erneut in mein Hirn. Doch diesmal denke ich weiter zurück, an einen Tag vor zwei Wochen, als der Chef die gesamte Abteilung im Zuge eines wichtigen Termins nach Berlin gekarrt, uns dann aber am Abend nach Strich und Faden gedemütigt hat.

Im *Kinder-Spiele-Tobe-Land*, das außerhalb der regulären Öffnungszeiten derlei Möglichkeiten anbietet, sollten wir unsere Stärken und Schwächen erproben, Grenzen überwinden; kurz: uns völlig zum Affen machen. Alles im Namen der Agilität und des Zusammenhalts natürlich. *Social Event* nennt sich das im Unternehmensjargon.

Das Wettrennen durchs Bällebad habe ich gerade noch so mitgemacht. Doch als wir anschließend einen Turm aus Nudeln und Marshmallows bauen sollten, hat das gegnerische Team dreist gemogelt. Der Chef fand die Idee innovativ. Mir ist der Kragen geplatzt.

Ich habe ihn und die versammelte Mannschaft angebrüllt, was dieser Unsinn soll und wieviel Lebenszeit uns dadurch verlorengeht. Das Maß war einfach voll, meine Geduld gänzlich ausgereizt.

Alle waren geschockt, haben zu Boden gestarrt, fanden keine Worte. Alle, bis auf die Kassiererin hinter dem Tresen. Die hat gelacht.

Das Kribbeln in meinen Adern kehrt zurück. Plötzlich höre ich wieder das hämische Gackern, das die gesamte Halle erfüllt und von den Wänden widerhallt. Ich sehe, wie blonde Locken auf und ab wippen, während ihre Trägerin um Fassung ringt, wie sie mich mit leuchtend grünen Augen schonungslos verspottet.

Ich hatte keine Wahl. Sie hat bekommen, was sie verdient.

Mit aller Macht reiße ich mich von der Erinnerung los. Erst jetzt bemerke ich, dass meine Hand die Computermaus so fest umklammert, dass die Gelenke weiß hervortreten. Als ich loslasse, fühlt es sich an, als hätte ich jemanden geschlagen.

Während ich die schmerzenden Knöchel vorsichtig betaste, fällt mein Blick auf die Rolex am linken Arm. Es ist bereits nach zwei.

Ich schlüpfe in den Mantel, schnappe mir die Aktentasche und haste los: aus dem Büro, über den Flur, die Treppe hinunter und durch den nobel anmutenden Eingangsbereich aus dem Gebäude hinaus. Ein geteerter Weg führt vorbei an den Grünanlagen, bis zu einem der Drehkreuze, die man in beide Richtungen nur mit Mitarbeiterausweis passieren kann.

Ruckartig bleibe ich stehen, zögere. Hier drin bin ich sicher. Hinter dem Zaun lauert der Erpresser.

50.000 Euro. Sofort.

Wenn ich das Werksgelände verlasse, muss ich jederzeit damit rechnen, dass er mir plötzlich gegenübersteht und das Geld verlangt.

Warum habe ich kein verdammtes Messer dabei?!

So oder so: Ich bin eine Niete im Nahkampf. Bei meinen Morden kommt mir das Überraschungsmoment zugute – und natürlich die zierliche Statur der Opfer. Auf beides kann ich in diesem Fall nicht setzen. Außerdem wird der Kerl sicherlich Vorkehrungsmaßnahmen getroffen haben, sollte ich ihn überwältigen.

Mein Verstand überschlägt sich beinahe, malt immer ausweglosere Szenarien. Aber es hilft alles nichts. Ich muss durch dieses Drehkreuz, die Sicherheit hinter mir lassen. Andernfalls kann ich das Geld unmöglich auftreiben.

NEUN

Kaum habe ich das Werksgelände verlassen, fühle ich mich wieder verfolgt. Es ist, als läge ein dunkler Schatten über mir. Der Gedanke schnürt mir die Brust zu, aber ich gehe tapfer weiter.

Hin und wieder schaue ich mich möglichst unauffällig um, spähe in die Seitenspiegel geparkter Wagen, kann aber nichts Verdächtiges entdecken.

Ich schimpfe mich einen Angsthasen und einen Feigling, so wie mein Vater es früher getan hat, versuche krampfhaft, die Panik zu unterdrücken. Das beklemmende Gefühl bleibt.

Nachdem ich das Industriegebiet schließlich hinter mir gelassen und den kleinen, angrenzenden Park durchquert habe, muss ich an einer Fußgängerampel warten. Wieder schiele ich nach links und rechts, drehe mich schließlich sogar kurz um.

Diesmal fällt mir ein Mann mit Baseballcap ins Auge, der einige Meter entfernt steht. Die Trainingsjacke ähnelt der, die ich gestern in Leipzig getragen habe. Ein unscheinbarer Kerl, Ende dreißig vielleicht, mit Lachfalten und wachen Augen.

Wahrscheinlich ist er auf dem Weg in eins der hiesigen Fitnessstudios. Mach dich nicht verrückt.

Er schließt zu mir auf, und wir warten schweigend darauf, dass die Ampel endlich auf Grün springt.

Ich bereite mich innerlich auf den anstehenden Termin vor und ignoriere den Fremden, bis der plötzlich einen lahmen Versuch unternimmt, ein Gespräch in Gang zu bringen: »Beschissen lange Taktung.«

»Ja«, stimme ich zu, signalisiere ihm aber gleichzeitig unmissverständlich, dass ich nicht zu Smalltalk aufgelegt bin. »Ziemlich ätzend.«

Genau wie du.

Er scheint zu verstehen, hält die Klappe und überlässt mich wieder meinen Gedanken. Die Bank ist meine letzte Rettung. Wenn ich diese Frau Stanczak ein wenig bezirze, dann macht sie vielleicht das Unmögliche möglich.

Alles wird wieder gut.

So ganz glaube ich nicht daran. Mein Herz pocht wie wild. Ich fühle mich wie eine Ratte in der Falle.

Endlich schaltet die verdammte Ampel um. Ich haste los und lasse den geschwätzigen Sportler hinter mir.

Als ich kurz darauf die Filiale betrete, erwartet mich die Beraterin bereits. »Herr Graf, herzlich willkommen. Mein Name ist Agnes Stanczak. Kann ich Ihnen einen Kaffee anbieten?«

Sie trägt einen Nadelstreifenanzug. Die braunen Haare sind zu einem adretten Dutt frisiert, der dem schmalen, beinahe aristokratischen Gesicht nur noch mehr Eleganz verleiht. Agnes Stanczak ist schön und sicher an Komplimente gewöhnt. Das erschwert die Sache.

Ich lehne ihr Angebot ab, lasse mich stattdessen ohne Verzögerung in ein Büro mit satinierter Wandverglasung führen. Bevor ich eintrete, sehe ich mich noch einmal um und entdecke den Mann mit dem Baseballcap an einem der Geldautomaten.

Eigenartig.

Bevor ich Gelegenheit habe, die Wahrscheinlichkeit dafür auszurechnen, dass der Kerl genau dasselbe Ziel hatte wie ich, nimmt die Beraterin meine Aufmerksamkeit in Beschlag. »Ich freue mich, dass Sie diesen Termin vereinbart haben. Wir wollten uns ohnehin schon mit Ihnen in Verbindung setzen, um Ihre Finanzlage zu besprechen.«

Sie zeigt auf einen der beiden Stühle vor dem Schreibtisch und nimmt selbst auf einem ledernen Monstrum Platz, das wohl Erhabenheit symbolisieren soll. »Ich habe hier einige Broschüren für Sie zusammengestellt, die Ihnen möglicherweise −«

»Das ist wirklich freundlich, aber ich habe nur wenig Zeit«, unterbreche ich sie rasch. »Ich weiß, dass ich nicht Ihr Traumkunde bin und Sie sich insbesondere nach meinem Erbe im Frühjahr deutlich mehr Profit erhofft haben. Trotzdem muss ich Ihnen sagen, dass ich auch heute nicht vorhabe zu investieren.« Ich setze ein schuldbewusstes Lächeln auf, das die Frauen üblicherweise sofort für mich einnimmt.

Agnes Stanczak bleibt eiskalt. »Das ist bedauerlich.«

Die Wahrscheinlichkeit, dass ich diese Dame zu etwas Flexibilität überreden kann, tendiert gegen null. Trotzdem muss ich es versuchen. »Ich bin hier, weil ich einen Kredit über fünfzigtausend Euro aufnehmen möchte.«

»Selbstverständlich ist auch dies möglich.« Sofort greift sie zu einer Schublade, um die entsprechenden Papiere herauszuziehen.

»Allerdings eilt die Sache. Und zwar sehr.«

Sie verharrt in der Bewegung, hebt eine Augenbraue. »Wie sehr?«

»Ich brauche das Geld sofort.«

Die Beraterin kräuselt die Lippen. »Herr Graf, sind Sie in einer akuten Notlage?«

Ja, verdammt!

»Nein«, sage ich widerstrebend.

Sie schweigt.

»Trotzdem muss es doch eine Möglichkeit geben, die Auszahlung zu beschleunigen.«

»Nun, ich habe keinen Zweifel daran, dass der Kredit bewilligt wird. Ihre Unterlagen liegen uns ja bereits vor. Den Freigabeprozess muss das Ganze aber trotzdem durchlaufen. Sie haben sicher Verständnis dafür, dass ich Ihnen die Summe nicht einfach übergeben kann, ehe das Vertragliche geregelt ist. Wir müssen uns da streng an die Vorschriften halten. Ich würde sagen, eine realistische Zeitspanne bis zur Auszahlung wäre ...« Sie schielt auf den Kalender. »Donnerstag.«

»In drei Tagen? Früher können Sie das nicht schaffen?«

»Bedaure.« Plötzlich wirkt sie gänzlich unattraktiv.

Mir reicht's. Glühende Wut frisst sich durch meine Eingeweide.

»Sollen wir den Antrag trotzdem ausfüllen?«

»Nein«, raunze ich und stürme hinaus, bevor ich die Beherrschung verliere.

Eiskalte Oktoberluft schlägt mir entgegen. Statt meine Wut zu dämpfen, entfacht sie ein Feuer.

Warum kann diese verdammte Schlampe mir nicht einfach das Geld geben?

Die Ampel zeigt Rot, aber das ist mir egal. Strammen Schrittes marschiere ich über den Fußgängerüberweg und in den Park hinein.

Ich bin sauer auf den Erpresser, auf die Situation, auf mich selbst und die ganze Welt. Insbesondere auf die Frau von der Bank, die sich eisern an irgendwelche Vorgaben klammert, statt mir den Hals zu retten.

Mir! Alexander Graf, einem Mann mit solidem Einkommen und einer Karriere in der Pharmaindustrie!

Ich biege um eine Ecke – als ich etwa zehn Meter vor mir den Mann mit dem Baseballcap entdecke. Er schlendert gemächlich, fast schon ziellos über den Pfad.

Die Wahrscheinlichkeit, ihn drei Mal zu sehen, ist nicht besonders hoch.

Es ist, als würde sich plötzlich ein Schalter umlegen. Noch ehe ich so recht begreife, was ich da tue, renne ich los. »Hey! Warten Sie!«

Der Kerl starrt mich an, steckt die Hände in die Jackentaschen und wartet.

Hat er eine Waffe da drin?

Für einen Rückzieher ist es zu spät. Ich stehe bereits direkt vor ihm. Er ist einen Kopf kleiner als ich. Wenn er kein Messer oder dergleichen zückt, habe ich vielleicht eine Chance.

Verschwindend gering, warnt mein inneres Rechenzentrum. Gleichzeitig setzt die Vernunft zumindest teilweise wieder ein.

Chaos bringt Fehler mit sich …

Was, wenn es doch nur ein Zufall ist? Wenn meine Wut mich geblendet hat?

»Wer sind Sie? Was wollen Sie von mir?« Ich brauche eine Antwort.

»Das könnte ich Sie auch fragen. Ich hab' mich nur um meine Finanzen gekümmert. Muss hin und wieder sein, nicht?« Er sieht so harmlos aus. Trotzdem stimmt etwas nicht mit dem Kerl. Ganz und gar nicht.

»Sie halten sich wohl für ganz schlau, was?«

Er plustert sich auf. Jetzt kann ich die Verschlagenheit in seiner Miene erkennen. »Irgendein Problem?«

»Oh ja«, bricht es aus mir heraus, noch bevor ich mich zügeln kann. »Ich lasse nicht mit mir spielen! Wie sind Sie an die Aufzeichnungen gekommen? Und wie kann ich sicher sein, dass Sie sie nicht anderweitig verwenden?«

»Das können Sie nicht. Da müssen Sie mir wohl vertrauen.«

Er ist es!

»Vergessen Sie's! Wer vertraut schon einem Erpresser? Wenn, dann brauche ich Sicherheiten!«

Andererseits …

»Sie sind ein Witzbold – und nicht unbedingt in der Position, Forderungen zu stellen«, entgegnet mein Gegenüber kalt.

Ich kneife die Zähne zusammen. Etwas an seiner Art macht mich stutzig. Er sieht nicht nur überhaupt nicht aus, wie der Typ Mann, der einen Mord beobachtet, Kameraaufnahmen stielt und dann eine derartige Erpressung durchzieht. Er scheint auch gänzlich unvorbereitet. So als reagiere er nur auf das, was ich sage.

Chaos bringt Fehler mit sich …

Kurzerhand entscheide ich mich, dem Kerl eine Falle zu stellen. »Ich konnte nicht die gesamten zwanzigtausend besorgen.« Ich bemühe mich, möglichst aufrichtig zu wirken und presse die Aktentasche fest an mich. »Die Bank braucht für Summen ab fünftausend zwei Werktage Vorlauf.«

»Schlecht«, entgegnet der Kerl düster. »Sehr schlecht.«

Er ist es nicht! Wenn er die Summe nicht kennt, kann er es nicht sein!

Ich bin wie vor den Kopf gestoßen. Habe ich gerade mit einem völlig unbeteiligten Mann die Details meiner Erpressung erörtert? Weshalb ist er darauf eingegangen? Und wieviel kann er sich aus dem Gesagten zusammenreimen?

Egal. Nichts wie weg hier!

Meine Beine wollen nicht mitspielen. Ich taumle zwei Schritte zurück, dann noch ein paar, während ich dem Fremden weiterhin in die dreiste Visage starre.

LAUF, brüllt mein Verstand, und endlich gehorcht auch der Körper. Ich drehe mich um und laufe so schnell ich kann Richtung Werksgelände.

»Heeeey«, protestiert eine ältliche Passantin mit Rollator, die ich in meiner Hast beinahe über den Haufen renne.

»Passen Sie doch auf«, schnauze ich zurück.

Park und Industriegebiet fliegen an mir vorbei. Ich nehme die veränderte Umgebung kaum wahr. Die Aktentasche schlackert nutzlos neben meinem Oberschenkel hin und her. Ich laufe und laufe, bis mir beinahe die Lunge platzt.

Selbst nach dem Drehkreuz mache ich nicht Halt. Ich muss ins Gebäude, nach oben, in mein Büro. Zu Ordnung und Sicherheit, damit ich endlich wieder einen klaren Gedanken fassen und mich beruhigen kann.

Doch kaum habe ich das Foyer erreicht, stürmt mir Laura entgegen. »Alex, da bist du ja endlich!« Ihre Miene ist todernst.

Mich überkommt eine schreckliche Ahnung.

»Im Konferenzraum warten zwei Beamte von der Kripo auf dich.«

Ich habe den Kampf verloren.

ZEHN

Dick und Düster sitzen im Konferenzraum und betrachten die Schar an abgestürzten und achtlos liegengelassenen Papierfliegern am Boden.

Ich werfe Laura einen fragenden Blick zu, aber sie zuckt nur mit den Achseln und geht.

Nicht mein Problem, soll das wohl heißen. Unsere Assistentin hat ihre Würde wiedergefunden.

»Die Kanban-Methode«, stellt Kommissar Strobel fest, als sich die Tür hinter ihr geschlossen hat.

Ich stelle die Aktentasche ab und verstecke die zitternden Hände in den Manteltaschen. »Ja, der Konzern möchte agiler werden.«

Er nickt. »Haben Sie es schon mit dem Pareto-Prinzip versucht?«

Was soll der Smalltalk?

Blanke Wut steigt in mir hoch. Dass die Beamten hier eingedrungen sind, in den einzigen Ort, den ich für sicher erachtet habe, kann nichts Gutes bedeuten. Daran, was die Kollegen jetzt von mir halten werden, will ich gar nicht denken.

Wenn ihr mich verhaften wollt, dann tut es doch einfach! Wozu um den heißen Brei herumreden?

»Achtzig Prozent der Ergebnisse mit nur zwanzig Prozent Aufwand«, fährt der Glatzkopf ungerührt fort. »Das ist schon ein Ding.«

Komm zum Punkt.

Ich atme tief durch. Versuche, mir meine Angst nicht anmerken zu lassen. »Die Kripo beschäftigt sich mit Agilität?«

Sein Gesichtsausdruck verändert sich, wird irgendwie schuldbewusst, so als hätte ich ihn bei einer Lüge ertappt. »Nein. Äh. Das muss ich wohl bei meiner Frau aufgeschnappt haben.«

»Setzen Sie sich«, mischt sich Eisweiler ein.

Jetzt geht's also los.

Ich nehme auf einem Stuhl auf der anderen Seite des Konferenztisches Platz. Für die Beamten unsichtbar, kralle ich die Finger in meine Oberschenkel. »Was kann ich für Sie tun, meine Herren? Um ehrlich zu sein, habe ich nicht damit gerechnet, Sie so schnell wiederzusehen.«

Sie haben das Video gesehen. Der Erpresser hat es ihnen geschickt, weil ich das Geld nicht auftreiben konnte.

»Waren Sie kürzlich in Berlin, Herr Graf?«

Lügen ist zwecklos. Dreizehn Kollegen, Laura und mein Chef haben den Wutanfall im *Kinder-Spiele-Tobe-Land* beobachtet.

»Vor knapp zwei Wochen«, sage ich langsam. »Das gesamte Market Analytics-Team hatte einen

Termin mit einigen Ärzten der Charité.« Das Social Event am Abend erwähne ich nicht. »Es war ein Dienstag. Das genaue Datum müsste ich im Kalender nachsehen.« Ich greife in die Mantel-tasche, um mein Smartphone hervorzuholen, doch Eisweiler winkt ab.

»Seither nicht mehr?«

Ich beschließe, so lange wie möglich die Fassade aufrecht zu erhalten und schüttle bemüht ahnungslos den Kopf. »Nein, wieso?«

»Wo waren Sie gestern?«

»In Leipzig. Beim Fußballspiel des RB gegen Bayern München.«

Die Augen des Hünen durchbohren mich. Ob-wohl der Raum riesig ist, fühle ich mich in die Ecke gedrängt.

»Ich bin bereits am Samstag angereist, habe mir ein wenig die Stadt angesehen«, setze ich nach. »Übernachtet habe ich im Hyperion Hotel.«

Strobel nickt stumm, wirkt zufrieden.

Ich gehe in die Offensive. »Weshalb wollen Sie das so genau wissen?«

»In Berlin wurde heute morgen die Leiche einer Obdachlosen entdeckt«, sagt Eisweiler. In seiner Stimmlage schwingt etwas mit, das ich nicht so recht einordnen kann.

Sie ist also tot. Habe ich sie erdrosselt oder ist sie in ihrer Bewusstlosigkeit nachts im Park erfroren?

Mein inneres Rechenzentrum prüft beide Optionen und entscheidet sich schließlich für erstere. Gestern war es in der Hauptstadt verdammt warm für Oktober.

Der Beamte zieht ein Foto aus der Tasche und schiebt es über die Tischplatte auf mich zu. »Sie wurde mit einer Halskette erdrosselt. Und das Medaillon daran ziert eine Figur des Heiligen Sankt Benedikt.«

Obwohl ich natürlich längst weiß, was ich sehen werde, hebe ich das Bild hoch. Immerhin gibt mir das die Möglichkeit, dem bohrenden Blick kurz auszuweichen. Trotzdem muss ich alle Kraft aufbringen, um nicht verräterisch zu Zittern.

»Das Schmuckstück ist identisch mit demjenigen, das wir bei Susanne Ernst in Hagnau am Bodensee gefunden haben«, erklärt Eisweiler und wirkt dabei wie eine Katze, die genüsslich mit ihrer Beute spielt.

Ich bin die Ratte! Die Ratte in der Falle!

»Sie ... Sie glauben doch nicht ...« Mein Stammeln ist echt, trägt aber zur Maskerade des Entsetzens bei. Es lässt mich unschuldig wirken. Zumindest hoffe ich das inständig. »Sie glauben, dass ein und derselbe Täter ...?« Ich breche ab, setze einen betroffenen Gesichtsausdruck auf.

»Es ist davon auszugehen, dass es sich um einen Serienmörder handelt.« Der Hüne beobachtet jede meiner Regungen. »Ein Mann reist quer durch Deutschland und bringt wehrlose Frauen um.«

Plötzlich fühlt es sich an, als würde sich eine Königsboa um meinen Oberkörper winden.

»Frauen, die blonde Haare und grüne Augen haben, genau wie Sie, Herr Graf.«

»Eine nicht seltene Kombination«, presse ich hervor, während der Druck auf meine Brust anschwillt. Mir ist unsagbar heiß. »Ich habe das Aussehen meiner Mutter geerbt.«

»Die, wie Sie uns heute morgen berichtet haben, Lehrerin war und vor ihrem Tod ein ganz ähnliches Schmuckstück mit dem darauf abgebildeten Schutzpatron besessen hat.«

»Ist das nicht ein eigenartiger Zufall, Herr Graf?«, bohrt nun sogar Strobel nach.

Ich kann nichts dafür, bricht es beinahe aus mir heraus. *Es ist das verdammte Kribbeln! Es lässt mir keine Wahl!*

Doch dann wird mir plötzlich klar, dass die Beamten kein Wort über den Indoor-Spielplatz verloren haben. Vielleicht habe ich noch eine Chance. Der Schmerz um meine Lunge lässt nach. »Sie verdächtigen mich also?« Ich lege so viel Verwunderung in Mimik und Stimme wie ich nur kann.

»Korrekt«, sagt der Dicke und erhebt sich. »Aber wir haben keinerlei Beweise für diese Theorie.«

Eisweiler tut es ihm gleich und fügt mit steinerner Miene hinzu: »*Noch* nicht.«

Die beiden gehen zur Tür. Bevor sie den Raum verlassen, ruft Strobel: »Einen schönen Tag noch, Herr Graf. Wir sehen uns bald wieder.«

Ich bleibe schweißgebadet sitzen. Mein Puls rast, aber immerhin bekomme ich wieder Luft.

Ich stehe unter Verdacht. Soweit hätte es niemals kommen dürfen.

Mit an Sicherheit grenzender Wahrscheinlichkeit haben die Beamten auch die Morde im *Kinder-Spiele-Tobe-Land* auf dem Schirm und diese nur aus taktischen Gründen noch nicht erwähnt. Vielleicht haben sie sogar bereits mit der verdammten Grufti-Göre gesprochen und ihr ein Bild von mir gezeigt. Ihre Erinnerung dürfte verwaschen und dadurch vor Gericht anfechtbar sein, aber zusammen mit dem Video ...

50.000 Euro. Sofort.

Ich muss das verdammte Geld beschaffen, sonst ist es aus. Wenn Dick und Düster die Aufnahme in die Finger bekommen, kann ich mich nicht mehr herausreden. Dann sperren sie mich für immer weg.

Mir fällt nur ein einziger Mensch ein, der mich jetzt noch davor bewahren kann.

Annabelle.

ELF

Die Kanzlei *Graf&Hennrich* residiert in einer freistehenden Bürovilla im Stadtteil Niederrad. Allein Grundstück und Haus würden im Falle eines Verkaufs einen Preis von mehreren Millionen Euro erzielen. Der Wert des Unternehmens übersteigt diese Summe um ein Vielfaches.

Seit einer halben Stunde stehe ich nun schon vor dem imposanten Bau und überlege. Nach wie vor bin ich nicht sicher, was ich zu Annabelle sagen soll, wenn ich ihr gegenübertrete. Die Geschichte, die ich mir auf der Fahrt zurechtgelegt habe, ist reichlich dünn.

50.000 Euro. Sofort.

Mir bleibt keine Wahl. Ich kann nur hoffen, dass meine Zwillingsschwester naiv genug ist, den Unsinn zu glauben. Nach allem, was sie bisher mit mir durchmachen musste, ist das nicht einmal unwahrscheinlich.

Ich fasse mir ein Herz, öffne das Gartentor und gehe den breit angelegten Weg entlang, die Stufen hinauf und durch die mit zahllosen Schnitzereien verzierte Tür. Ein Glöckchen ertönt. Das dunkle

Holz knarzt unter meinen Sohlen. Alles ist genau wie früher.

Plötzlich fühle ich mich wieder wie der kleine Junge von damals, der die beiden Männer im Anzug bewundert, ja, wortwörtlich zu ihnen aufgesehen hat. Die imposante Diele lässt mich durch ihre schiere Größe und den eleganten Treppenaufgang noch heute, viele Jahre nach meinem letzten Besuch, ehrfürchtig erstarren.

Das Gefühl verändert sich erst, als ich weitergehe und um die Ecke in den Empfangsbereich biege. Am Tresen sitzt eine mir unbekannte Brünette, die ich auf maximal zwanzig schätze. Klaus steht direkt hinter ihr, berührt wie zufällig ihren Arm, streichelt zärtlich darüber. Sie lacht dümmlich.

Igitt. Er könnte ihr Großvater sein!

Ich räuspere mich lautstark.

Die beiden Turteltauben schrecken auf.

»Alex!« Der Geschäftspartner meiner Schwester ist sichtlich überrascht, bemüht sich aber um ein Lächeln. »Was machst du denn hier? Willst du dich doch noch als Praktikant bewerben?«

Arschloch.

Er weiß ganz genau, dass ich mein Jurastudium nie beendet habe. Immerhin hat sich mein Vater bis zu seinem Tod wieder und wieder darüber beklagt.

Leider fällt mir keine passende Retourkutsche ein, weshalb ich die Spitze einfach übergehe. »Ich will zu Annabelle. Ist sie da?«

»Sie ist gerade in einer Telefonkonferenz«, mischt sich das junge Ding ein. »Setzen Sie sich doch so lange in die Lounge, Herr ... äh ...«

»Graf«, herrsche ich sie an. »Alexander Graf. Mein Vater hat diese Kanzlei gegründet!«

»*Mit*gegründet«, korrigiert Klaus ruhig, aber bestimmt. »Mein Name steht auch über dem Eingang, falls du das vergessen hast.«

Ich zucke die Achseln, drehe ich mich wortlos um und gehe in den Nebenraum, wo ein Feuer im Kamin prasselt. Nie habe ich mich so fehl an diesem Ort gefühlt wie heute.

Wütend lasse ich mich in einen der Designer-Sessel fallen, stelle die Aktentasche ab und verschränke die Arme.

Es dauert keine zwei Minuten, bis die junge Brünette einen Servierwagen mit den edelsten Tropfen hereinschiebt, die man mit Geld kaufen kann. Offenbar will sie ihren Fauxpas von gerade eben wiedergutmachen.

»Haben Sie einen speziellen Wunsch, Herr Graf? Den *Laphroaig Ian Hunter Edition zwei* kann ich Ihnen wärmstens empfehlen.« Sie zeigt auf eine der Kristallkaraffen, die eine dunkelbraune Flüssigkeit enthält.

Whisky. Dreißig Jahre alt und aus streng limitierter Abfüllung. Um die tausend Euro pro Flasche.

Ich lehne ab. Alkohol ist mir zuwider. Er vernebelt die Sinne. Ich brauche einen klaren Kopf.

Das junge Ding wirkt enttäuscht, nickt und lässt mich wieder allein.

Ich starre in die Flammen, frage mich, wie alles so weit kommen konnte. Ist das Kribbeln, das mich immer wieder übermannt und das mich schlussendlich in diese ausweglose Lage hineinmanövriert hat, tatsächlich in den Genen begründet? Und wenn ja, wieso befällt es dann nur mich und nicht meine Zwillingsschwester?

Ein leiser Gong ertönt. Kurz darauf höre ich die Stimme der Sekretärin durch die Sprechanlage. »Frau Graf empfängt Sie jetzt.« Sie macht sich nicht die Mühe, noch einmal den Tresen zu verlassen und mich nach oben zu begleiten.

Ich greife nach der Aktentasche, erhebe mich und gehe zur Treppe. Mein Magen rumort, während ich die kunstvoll verzierten Stufen erklimme.

»Alex«, ruft Annabelle, als ich ohne zu klopfen ihr Büro betrete. Ihre Miene verändert sich. »Du sieht scheiße aus.«

»Gleichfalls«, behaupte ich, obwohl das nicht ansatzweise zutrifft. Sie ist schön wie immer.

So macht man das eben unter Geschwistern.

»Bitte entschuldige, dass du warten musstest. Mein neuer Klient hat Kohle wie Heu, aber er ist ein ziemlicher Vollidiot.«

»Kein Problem.« Ich ziehe den Mantel aus und hänge ihn zusammen mit der Aktentasche an den antiken Garderobenständer, bevor ich mich auf einen Stuhl auf der anderen Seite des Schreibtischs setze. Annabelle hat an der Einrichtung kaum etwas verändert.

Alles genau wie früher.

Selbst der hässliche Rembrandt hängt noch genau da, wo er immer war: Über dem Loch in der Wand, das den Tresor beherbergt.

Ich wippe nervös mit dem Fuß, aber der hochflorige Teppich verschluckt jedes Geräusch. Weil ich nicht mit der Tür ins Haus fallen will, bleibe ich vorerst beim Smalltalk. »Ich habe Klaus im Foyer getroffen, hatte aber leider keine Gelegenheit, mich dafür zu entschuldigen, dass ich nicht mitkomme zu eurem Jagdausflug.«

Annabelle macht ein Gesicht, als hätte ich sie geschlagen. »Schon gut.« Ihre Augen werden feucht. »Ich gehe wohl auch nicht mit.«

Ärger im Paradies.

»Alles okay zwischen euch?«, frage ich, weil ich glaube, dass sich das so gehört.

Sie winkt ab. »Ach, ich hab' mir so manches einfach anders vorgestellt. Aber man kann eben nicht alles haben. Du weißt ja, wie das mit Beziehungen ist.«

Weiß ich nicht.

Ich hatte nie eine — geschweige denn eine Affäre mit einem verheirateten und deutlich älteren Mann, der auch noch mein Geschäftspartner ist. Trotzdem nicke ich, bemüht zu verstehen. Ich bin überrascht, dass Annabelle sich mir anvertraut.

Wie um das Gegenteil zu beweisen, wird ihre Miene plötzlich eiskalt. »Egal. Deswegen bist du nicht hier.« Sie reißt ein Taschentuch aus der bereitstehenden Box, wischt sich die Tränen weg.

Ich schweige, weiß nicht, wie ich die passende Überleitung finden soll.

»Komm schon, Alex. Wir haben uns seit Monaten nicht gesehen und jetzt sitzt du hier, als sei nie etwas gewesen. Was hast du angestellt?«

»Gar nichts«, beteure ich, aber es gelingt mir nicht, die Fassade gänzlich aufrecht zu erhalten. In meiner Stimme liegt die Nervosität eines Jungen, der beim Fußballspielen im Garten ein Fenster zertrümmert hat.

Annabelle hebt skeptisch die Augenbraue. »Sag es mir, kleiner Bruder.«

Du bist gerade mal siebenundzwanzig Minuten älter als ich, will ich brüllen, aber ich halte den Mund. Sie hat recht. Sie ist diejenige, die mir immer wieder den Arsch gerettet hat. So, wie eine große Schwester das nun einmal tut.

Ich atme tief durch, bevor ich mit meiner erfundenen Story beginne. »Ein paar Freunde und ich haben im Tower gefeiert. Es ging wild her, und dabei ist einiges zu Bruch gegangen. Der Schaden wurde selbstverständlich längst behoben, aber nun ja ... die Kosten belaufen sich auf fast fünfzigtausend Euro.«

Sie zuckt nicht einmal mit der Wimper. »Dann reich die Rechnung bei der Versicherung ein.«

»Das ist es ja«, stammle ich. »Zu diesem Zeitpunkt war leider mein Vertrag erloschen. Ich hatte ein paar Rechnungen nicht bezahlt und –«

»Alex!«

»Ja, ist ja gut. Ich weiß selbst, dass das dämlich war. Kannst du mir bitte trotzdem helfen?«

Sie überlegt kurz. »Gibt es Videoaufnahmen von der Aktion?«

Ich nicke betroffen.

»Dann ist da rechtlich nicht viel zu machen, fürchte ich. Bezahl den Schaden einfach, dann ist das Thema erledigt.«

»Ich ... ich hab' das Geld nicht«, murmle ich.

»Wie bitte?«

»Ich hab' das Geld nicht«, wiederhole ich.

Annabelle verzieht das Gesicht. »Ich bin nicht taub, Alex, und habe dich sehr wohl verstanden.«

Ihr Tonfall lässt keine Fragen offen: Ich habe sie enttäuscht. Wieder einmal.

»Bitte. Ich brauche deine Hilfe.« Ich fühle mich erniedrigt, kann gar nicht fassen, dass ich tatsächlich betteln muss.

»Was hast du mit deinem Erbe angestellt?«

»Anzüge, Uhren, der AMG«, gebe ich offen zu, gehe aber sofort zur Verteidigung über. »Irgendwie muss ich doch meinen Lebensunterhalt finanzieren. Hast du eine Vorstellung, auf welchen Betrag sich allein die Nebenkosten für das Apartment jeden Monat belaufen?!«

Hat sie nicht. Sie schwimmt in Geld, hat längst jeden Bezug zur Realität verloren.

Sie presst die Lippen zusammen. Tief im Inneren weiß sie, dass mir mit dem Testament Unrecht getan wurde, da bin ich sicher.

Einige bange Sekunden lang sagt keiner ein Wort.

Schließlich rollt Annabelle mit den Augen und gibt nach. »Also gut. Hast du die Rechnung dabei?«

Jetzt kommt der heikle Part.

»Nein. Ehrlich gesagt wäre es mir lieber, du würdest mir die Summe bar geben.«

Der versöhnliche Ausdruck verwandelt sich in Skepsis. »Bar? Du willst fünfzigtausend Euro hier raustragen und in der Tower-Lobby abgeben?«

»Natürlich nicht. Ich habe denen schon einen Scheck geschickt.« Ich sehe ihr tief in die Augen und hoffe inständig, dass sie mir auch diese Lüge abkauft. »Ich zahle das Geld hier um die Ecke bei der Bank ein, damit das Konto gedeckt ist, falls die ihn heute noch einlösen wollen.«

Sie zögert nicht einmal. Stattdessen wirft sie einen Blick auf die diamantbesetzte *Vacheron Constantin* und stellt fest: »Da musst du dich aber beeilen. Die schließen bald.«

Der Mann mit dem goldenen Helm stiert mich finster an, bevor Annabelle das Ölgemälde zur Seite klappt, um den Tresor zu öffnen. Sie übergibt mir fünf dicke Stapel Hundert-Euro-Scheine, die noch die Banderolen tragen.

Ich nehme sie entgegen, springe auf und verstaue das Geld in meiner Aktentasche. »Danke, Schwesterherz«, sage ich aufrichtig, während ich mir den Mantel überstreife. »Du bist meine Rettung!«

Sie zuckt die Achseln, als wäre es nichts. Und das ist es auch nicht – für sie. Für mich bedeutet es die Welt.

ZWÖLF

Ich trage die Freiheit in einer Aktentasche mit mir herum.

Es ist ein erhebendes, gleichzeitig unheimliches Gefühl. Selbst Menschen, die keine Geldsorgen haben, transportieren wohl eher selten fünfzigtausend Euro in bar.

Bereits auf dem kurzen Weg zum Wagen beschleicht mich die Furcht, überfallen zu werden, meinen Hoffnungsschimmer sofort wieder zu verlieren. Ich klammere mich an dem ledernen Designerding fest wie an einer Rettungsboje und bin überglücklich, als der AMG die Türverriegelung aktiviert.

Fünfzehn Minuten später gleitet er in die Tiefgarage des Grand Towers. Das Tor schließt sich hinter mir, und ich atme ein weiteres Mal erleichtert auf.

Fast geschafft.

Obwohl sich alles in mir dagegen sträubt, fahre ich mit dem Aufzug nicht direkt in den sechzehnten Stock, sondern lege einen Zwischenstopp in der Lobby ein. Die Aktentasche fest umkrampft, gehe ich zum Tresen, hinter dem Peter gerade ein Telefongespräch führt.

»Guten Abend, Herr Graf«, sagt der Concierge, sobald er geendet hat, und setzt ein künstliches Lächeln auf. »Konnten Sie die Herren von der Kriminalpolizei bei ihrem Fall unterstützen?«

Die Möglichkeit, dass die Beamten mich nicht als Zeugen, sondern als Verdächtigen befragt haben, scheint ihm gar nicht in den Sinn zu kommen. Trotzdem ist er eindeutig nicht glücklich darüber, dass Dick und Düster überhaupt hier waren. Wahrscheinlich befürchtet er einen Imageschaden für das edle Wohnhaus.

»Ja, kein Grund zur Beunruhigung«, versichere ich ihm schnell – und bin zum ersten Mal in den vergangenen vierundzwanzig Stunden überzeugt, dass das tatsächlich stimmt.

Die Kommissare werden keine weiteren Beweise finden. Ohne das Video haben sie nicht genügend gegen mich in der Hand. Ich werde mich mit dem Geld meiner Schwester freikaufen, und dann kann endlich wieder Normalität einkehren.

Obwohl ich natürlich in Zukunft doppelt vorsichtig sein muss, wenn mich das Kribbeln wieder überfällt.

Ich schiebe den Gedanken vorerst beiseite und kümmere mich stattdessen um die Frage, die mich seit heute morgen beschäftigt. »Sagen Sie, Peter, war heute außer den Herren von der Kripo noch jemand hier?«

Der Concierge nickt und schielt kurz auf sein Smartphone. »Ihr Freund Pierre Lefevre.«

»Wer?«

Das dressierte Lächeln sackt in sich zusammen. »Er sagte, Sie beide kennen sich, er wolle Sie aber nicht stören. Und er hat einen Besichtigungstermin für übermorgen vereinbart.«

Mein Puls beschleunigt sich. Intuitiv packe ich die Aktentasche noch fester. »Wann war das?«

»Um die Mittagszeit. Ich war allein an der Rezeption.«

Zu spät. Der Umschlag mit dem USB-Stick lag bereits heute morgen vor meiner Tür.

Mir kommt eine Idee. »Wie sah der Mann aus?«

»Mitte, vielleicht auch Ende dreißig. Etwa einen Kopf kleiner als Sie. Sportlich, sympathisch. Er trug einen Mantel und hatte die dunklen Haare zu einer Elvis-Tolle gestylt.«

Könnte passen.

Ich rufe mir das Erscheinungsbild des Sportlers im Park ins Gedächtnis zurück. Gut möglich, dass unter dem Baseballcap eine Gel-Frisur verborgen war.

Er kann unmöglich der Erpresser sein. Er kannte die Summe nicht. Aber was will er dann von mir?

»Dieser Kerl ist mir gänzlich unbekannt«, sage ich schroff.

Der Concierge macht ein schuldbewusstes Gesicht. »Ich bitte vielmals um Entschuldigung. So etwas darf —«

»Haben Sie ihn nach oben gelassen?«

»Selbstverständlich nicht!« Peter rückt sich die Krawatte zurecht. »Ich würde niemals einen Besucher auch nur in den Lift lassen, ohne ihn vorher anzukündigen.«

Ich glaube ihm kein Wort. Den wachsamen Augen des Vierundzwanzig-Stunden-Services entgeht nichts. Dafür werden Peter und seine Kollegen schließlich bezahlt.

Und selbst wenn der vermeintliche Freund tatsächlich nicht oben war, muss mir irgendjemand heute Morgen den Umschlag vor die Tür gelegt haben.

Ein Fremder. Ein Eindringling, den der Concierge mir verschweigt.

Aber weshalb? Wurde er bestochen?

»Vertrauen Sie mir, Herr Graf.«

Von wegen!

»Ist heute Post für mich angekommen?«

Ein kurzer Blick über die Schulter, in Richtung der dafür vorgesehenen Fächer. »Nein, bedaure.«

»Gut«, raunze ich, drehe mich um und lasse Peter stehen.

»Ich wünsche Ihnen noch einen schönen Abend«, höre ich ihn rufen, während sich die Tür des Aufzugs bereits hinter mir schließt.

Wie wahrscheinlich ist es, dass mir exakt zum selben Zeitpunkt drei unterschiedliche Parteien auf den Fersen sind?

Wie die Kommissare Dick und Düster mir auf die Schliche gekommen sind, erschließt sich mir nicht, aber das ist ihr Job. Wahrscheinlich hat ihnen der Erpresser einen anonymen Tipp zukommen lassen, um mich noch mehr unter Druck zu setzen. Der wiederum musste mir natürlich die Botschaft überbringen und meine Reaktion überwachen.

Aber was will der Kerl mit dem Baseballcap?

In mir gärt ein Verdacht. Ich habe diesen Pierre Lefevre – wobei nicht davon auszugehen ist, dass das sein richtiger Name ist – als Erpresser ausgeschlossen, weil er die geforderte Summe nicht kannte. Was, wenn das ein fataler Irrtum war? Wenn der Mann ein Komplize ist, der schlicht nicht korrekt instruiert wurde? Vielleicht hat man ihm sogar absichtlich eine falsche Summe genannt, um die Beute nicht fifty-fifty teilen zu müssen.

Habe ich die Geldübergabe vermasselt?

Je länger ich darüber nachdenke, desto überzeugter bin ich, dass hinter der Erpressung mindestens zwei Täter stecken müssen. Sie haben mich ausfindig gemacht, die Morde beobachtet, die Aufnahmen der Videokamera an sich gebracht. Das alles bedurfte einer Menge Arbeit.

Laufe ich nun also doch Gefahr, ins Netz der Ermittler zu geraten?

Vielleicht. Denn wenn der Kerl heute Nachmittag tatsächlich das Geld abholen sollte, dürfte sein Auftraggeber nicht besonders zufrieden mit dem Ausgang der Aktion sein. Hätten die beiden allerdings das Video bereits der Polizei übergeben, säße ich längst in Gewahrsam.

Bekomme ich also eine zweite Chance?

Wahrscheinlich, bestätigt mein inneres Rechenzentrum, und ich atme erleichtert auf.

Der Aufzug erreicht die sechzehnte Etage. Ich steige aus, gehe den kurzen Weg bis zu meiner Wohnungstür und bin enttäuscht, auf der Fußmatte keinen Umschlag mit weiteren Anweisungen vorzufinden. Ich sehne das Ende dieses Chaos' herbei, will nur noch das Geld übergeben und in Frieden weiterleben.

... und morden, flüstert ein ätzendes Stimmchen irgendwo ganz hinten in meinem Gehirn.

Ich schiebe es beiseite, schließe mich in der Wohnung ein und gehe ins Schlafzimmer, wo ich die Aktentasche samt wertvollem Inhalt neben das Mahagoni-Tischchen stelle.

Noch bevor ich den Mantel ausziehe, hole ich das geheime Smartphone aus der Schublade hervor und suche nach den Berliner Schlagzeilen.

Der Mord an der Obdachlosen war den Journalisten einen winzigen Beitrag wert. Vier Sätze, nicht mehr. Ganz wie erwartet.

Ich google »Kinder-Spiele-Tobe-Land« – und erstarre.

Im *Berliner Kurier* berichtet ein gewisser Hardy Sackowitz tatsächlich über den mutmaßlichen Mord an der Kassiererin Carmen Milowski und dem dreijährigen Lukas Löschner.

Mutmaßlich nennt der Reporter die Tat deshalb, weil von den Opfern jede Spur fehlt.

Haben die etwa nicht nur die Videobänder, sondern gleich noch zwei Leichen geklaut?

Diese Möglichkeit spricht eindeutig für meine Zwei-Täter-Theorie.

Die Polizei, so der Artikel, bitte um Mithilfe und suche nach weiteren Zeugen.

Weiteren Zeugen! Die Grufti-Göre hat also bereits ausgesagt. Was habe ich mir da nur eingebrockt?

Mehr denn je verlangt meine Seele nach Ruhe, danach, die Sache endlich abzuschließen. Doch so oft ich in den folgenden Stunden auch die Fuß-matte überprüfe, bleibt sie leer. Ich habe keine Wahl, als auf weitere Anweisungen zu warten. Ich bin meinen Erpressern gänzlich ausgeliefert.

Die Dokumentation über den jüngsten Pharmaskandal fliegt an mir vorbei, der Blockbuster im Free-TV, danach die Spätnachrichten. Ich kann mich nicht konzentrieren. Mein Herz rast. Die einzige Linderung meiner Qualen bietet die Vermutung, dass ich eine zweite Chance bekommen werde.

50.000 Euro. Sofort.

Ich habe das Geld. Die Erpresser werden sich melden, und diesmal werde ich es nicht vermasseln.

Alles wird gut.

Nachdem ich mich endlich etwas beruhigt habe, gehe ich ins Bett. Doch kaum habe ich eine bequeme Position gefunden, ist das ätzende Stimmchen wieder da.

Der finale Stich ins Herz fehlt.

Hartnäckig blökt es mir ein und dieselbe Frage ins Ohr: *Wie lange wird es dauern, bis das Kribbeln zurückkommt – und du einen weiteren Fehler begehst?*

Ich wage nicht, zu antworten. Stattdessen drehe ich mich um und ringe die Bedenken mit aller Gewalt nieder.

Alles wird gut. Ich war nachlässig, vielleicht sogar überheblich. Das wird sich ändern.

Vorwurfsvolle, tiefgrüne Kinderaugen folgen mir in den Schlaf.

DREIZEHN

Als ich am Morgen in den Spiegel schaue, bin ich entsetzt. Die Lider sind dick geschwollen und rot. Die Haut bleich, die Wangen eingefallen. Blonde Haarbüschel stehen wirr zu allen Seiten ab. Immerhin letzteres Problem lässt sich leicht beheben. Trotzdem sehe ich aus wie ein Irrer, der monatelang nicht genug Schlaf abbekommen hat.

Unglaublich, was Angst aus einem gesunden Menschen macht.

Dass mir die ganze Sache mit dem Erpresser an die Nieren geht, wundert mich nicht. Aber diese bösartigen Kinderaugen, die mir immer wieder durch den Kopf spuken? Warum belastet mich der Mord an dem kleinen Jungen in Berlin so sehr? Gut, es war ein Fehler, und ich bin nicht unbedingt stolz darauf. Ein schlechtes Gewissen habe ich jedoch nicht.

Selbst den Besten passiert mal ein Fehler.

Nachdem ich mich etwas frisch gemacht und mir meinen Koffein-Kick geholt habe, gehe ich zur Wohnungstür. Zu meiner großen Enttäuschung findet sich auf der Fußmatte nach wie vor kein Zeichen der Erpresser. Fast beginne ich zu glauben, dass ich mir alles nur eingebildet habe.

Im Arbeitszimmer werde ich sofort eines Besseren belehrt. Der USB-Stick steckt noch im Laptop. Ich nehme einen kräftigen Schluck Kaffee und sehe mir das verräterische Video ein weiteres Mal an.

Der Kapuzenmann kommt ins Bild, sieht nach rechts, dann nach links, genau in die Kamera hinein. Ich kann einfach nicht fassen, wie dumm ich mich verhalten habe.

Kein Rechtsverdreher dieser Welt könnte anhand dieses Beweises einen Freispruch erwirken. Ich muss mich freikaufen – und zwar so schnell wie möglich. Das hat oberste Priorität.

Noch bevor ich recht weiß, was ich tue, tippe ich Lauras Durchwahl ins Smartphone. Es tutet dreimal, dann ist sie dran.

»Alex! Alles okay bei dir? Du bist gestern so schnell verschwunden.«

»Ja, es ist nur, ich –« Ein Husten unterstreicht die folgende Lüge. »Ich fühle mich nicht gut. Wahrscheinlich aber nur eine Erkältung.«

»Oh, das tut mir leid.«

»Sofern ich kräftig genug bin, werde ich ab und zu meine Mails checken.« Es bedarf nicht viel Mühe, schwach zu klingen. Ich fühle mich hundeelend – wenn auch nicht aufgrund eines Erregers.

»Kannst du bitte meine Termine für heute absagen?«

»Natürlich.«

»Danke«, krächze ich, huste und lege auf, noch bevor unsere Assistentin mir gute Besserung wünschen kann.

Okay, das wäre erledigt.

Ich lege das Smartphone beiseite, stehe auf und gehe ins Schlafzimmer, um das anonyme Gerät hervorzuholen. Ein weiteres Mal lese ich mir den Artikel dieses Sackowitz' durch.

Mich beschleicht ein widerwärtiges Gefühl des Kontrollverlusts. Gerade noch hatte ich alles im Griff, habe mich mächtig, ja fast unbesiegbar gefühlt, während ich der Kassiererin auflauerte und mein Alibi plante.

Jetzt, keine vierzig Stunden später, ist alles dahin. Ich bin den Erpressern auf Gedeih und Verderb ausgeliefert.

Stell dich nicht so an, du Weichei, höre ich die Stimme meines Vaters sagen. Die Erinnerung ist so klar, dass sie mir für einen Augenblick realer vorkommt als alles um mich herum.

Mein Puls rast. Ich überprüfe ein weiteres Mal, ob Anweisungen für die Geldübergabe eingetroffen sind. Die Fußmatte ist immer noch leer. Die Tatsache treibt mich schier in den Wahnsinn.

Mann oder Memme?

Stundenlang irre ich ziellos durchs Apartment, trinke dabei weitere fünf Tassen Kaffee. Warte, während die Zeit mit quälender Langsamkeit verstreicht. Mit jeder Minute beruhigt sich mein Herz. Angst und Verzweiflung verwandeln sich in Frust.

Stell dich der Situation! Sei kein Feigling!

Kurz vor Mittag ist mir das Ganze schließlich endgültig zu bunt. Wut glimmt auf.

Wer bin ich denn, dass ich mich hier verkrieche wie ein angeschossenes Tier?

Außerdem, wird mir nach und nach bewusst, besteht die durchaus realistische Möglichkeit, dass die Erpresser nur darauf warten, dass ich den Tower verlasse. Immerhin hat mich der Kerl mit dem Baseballcap gestern im Park, also quasi auf offener Straße, angesprochen, um die Beute an sich zu nehmen.

Wenn ich ihm nicht die Tour vermasselt hätte, könnte ich mich jetzt bereits entspannt zurücklehnen.

Ich atme tief durch, schiebe die Selbstvorwürfe beiseite und höre stattdessen tief in mich hinein. Ja, ich möchte das Apartment verlassen, die Dinge in die Hand nehmen, statt hilflos auszuharren.

Auch auf die Gefahr hin, dass ich ausgeraubt werde und alles verliere: Es muss etwas geschehen.

Entschlossen ziehe ich Schuhe und Mantel an, räume alles, bis auf das Geld, aus der Aktentasche und will gerade zur Tür hinaus, als mir schlagartig klar wird, dass ich gar nicht weiß, wohin ich gehen soll. Ich bleibe stehen, überlege.

Vielleicht wäre auch eine Waffe nicht schlecht. Nur zur Sicherheit.

Also ziehe ich lederne Handschuhe an und gehe zurück ins Arbeitszimmer. In der obersten Schublade des Schreibtischs befinden sich acht identische Klappmesser. Sie ähneln in Form und Größe demjenigen, das mein Vater mir als Kind gegeben hat, um die Jagdbeute auszuweiden. Vor einigen Monaten habe ich zehn davon erstanden.

Eins liegt inzwischen am Grund des Bodensees. Das zweite seit vorgestern auf einem Parkplatz bei Leipzig.

Während ich Nummer drei in der Manteltasche verstaue, fällt mein Blick auf den kleinen Plastikbeutel in der rechten, hinteren Ecke des Fachs. Sein Inhalt glänzt silbrig und grün, als ich ihn, einem bloßen Impuls folgend, ebenfalls herausnehme und einpacke.

Fehlt nur noch der passende Ort für die Geldübergabe. Nicht zu überfüllt soll er sein, aber gleichzeitig belebt genug, dass die Erpresser mich nicht angreifen können, ohne Aufmerksamkeit zu erregen. Ich bin zwar darauf vorbereitet, möchte mir aber einen Kampf, wenn irgend möglich, dennoch ersparen.

Aktentasche überreichen und Schluss. Zurück zur Normalität.

Der Park von gestern würde sich anbieten, liegt mir aber zu nah am Büro. Immerhin habe ich mich krankgemeldet. Stattdessen scrolle ich am Laptop durch Frankfurts aktuelle Kulturangebote und werde fündig.

Das ist perfekt.

Als ich kurz darauf den Aufzug besteige, schleicht sich ein Lächeln auf meine Lippen.

Bald ist alles vorbei. Dann habe ich den ganzen Schlamassel endlich hinter mir.

Trotz aller Unwägbarkeiten fühle ich mich endlich wieder Herr der Lage.

VIERZEHN

Sinnlich, provokant und politisch, verspricht das
Plakat am Eingang des Museums für Moderne
Kunst. Allein das imposante Gebäude ist mit
seiner ungewöhnlichen, dreieckigen Form einen
Besuch wert. Der Wiener Hans Hollein hat hier
ein architektonisches Meisterwerk geschaffen, ein
Kunstwerk, das mit den Ausstellungsstücken im
Inneren in Diskurs tritt und mich dadurch immer
wieder beeindruckt.

Doch heute bin ich nicht deshalb hier. Mein
Blick gleitet die Fassade hinab, zurück zu dem
Plakat, auf dem ein kniender Mann abgebildet ist.
Den Oberkörper weit nach vorn gebeugt, stützt
er sich auf den Ellbogen ab. Die viel zu groß
wirkenden Unterarme sind flach ausgestreckt.

Wurmartige Finger hängen kraftlos von dem
Podest herab, das der Plastik noch mehr
Ausdruck verleiht. Hände und Kopf sind mit
bunten Strichen bemalt. Im krassen Kontrast dazu
ist der Gesichtsausdruck dumpf, beinahe tot.

Über der Abbildung prangt in dicken Lettern der
Titel der Sonderausstellung: *Mir ist das Leben lieber.*

Sammlerin Reydan Weiss hat dem Museum einhundert Exponate aus ihrem privaten Fundus als Leihgabe zur Verfügung gestellt, die sich laut Pressestimmen mit den existentiellen Themen beschäftigen und sich damit an die jüngsten Strömungen der Kunst heranwagen.

Mich überkommt ein wohliger Schauder der Vorfreude, der mich die Erpresser und meine missliche Lage beinahe vergessen lässt. Was für ein Glück, dass ich diesen besonderen Leckerbissen entdeckt habe. Bereits übermorgen werden die Stücke zurück zu ihrer Besitzerin nach Essen gebracht.

Die Schlange vor der Kasse ist erwartungsgemäß übersichtlich. Das Interesse der Frankfurter Kunstliebhaber ist verebbt. Touristen kommen im kalten Herbst kaum in die Stadt – sieht man einmal ab von den feierwütigen Gruppen, die im Zuge von Junggesellenabschieden die Clubs bevölkern.

Die Wahrscheinlichkeit, heute hier auf einen Kollegen zu treffen ist gleich null. Dass ich blaumache wird also unentdeckt bleiben.

Ich kaufe ein Ticket, ziehe die Handschuhe aus und stopfe sie zusammen mit dem Portemonnaie in die Manteltasche. Als ich den ersten Raum betrete, stockt mir der Atem. Irgendwie ist es den Kuratoren gelungen, Skulpturen, Installationen,

Fotografien, Malereien und Videoarbeiten so zu positionieren, dass sie dem Betrachter die Themen unserer Zeit förmlich entgegenschreien.

Vor einem Gewehrlauf steigt eine weiße Friedenstaube in den Himmel. Eine Frau mit Ganzkörpertätowierung greift gierig nach der Brustwarze ihrer Schwester. Daneben steht die Bronze einer nackten Frau, deren Kopf in ein Tuch gehüllt ist. Ein anderes Werk zeigt ein Model, dem das *Gucci*-Logo auf ewig in die Haut gebrannt scheint. Zwei gelangweilte amerikanische Upper-Class-Frauen lächeln und posieren für die Kamera.

Während ich an ihnen vorbeischlendere beschleicht mich eine unbehagliche Stimmung. Das Ganze hat etwas Makabres, der Scherz geht zu weit. Mir wird unwohl in meinem Designermantel, in all den großen Marken, die mich umgeben wie eine zweite Haut und doch nur eine Hülle sind. Ein trügerischer Schutzpanzer. Er lässt mich aussehen, als gehöre ich zur besser betuchten Gesellschaft, aber das ist nicht wahr. Stattdessen fühle ich mich plötzlich minderwertig und klein.

Hierher zu kommen war ein Fehler.

Schweiß rinnt mir die Stirn hinab. Meine Finger sind so klamm, dass mir beinahe die Aktentasche entgleitet. Ich öffne den Reißverschluss des Mantels, aber die Hitze lässt kaum nach. Sie kommt von innen. Es fühlt sich an, als stünde meine Seele in Flammen.

Ich stolpere vorwärts, verlasse die Ansammlung des Grotesken, nur um mich in einem menschenleeren Raum wiederzufinden, der mir aufs Neue die Absurdität meines Seins vor Augen führt. Die schlichten Fotografien zeigen Teller, gefüllt mit den unterschiedlichsten Köstlichkeiten. Sie muten wie niederländische Stillleben an und würden meinen Pulsschlag beruhigen – wäre da nicht das Schild.

Zarte Buchstaben, fast schon unscheinbar, informieren mich darüber, dass hier die Henkersmahlzeiten zum Tode verurteilter US-Straftäter verewigt wurden.

Eine Panikwelle bricht über mir herein, als ich mich unweigerlich frage, was wohl meine allerletzte Bestellung wäre. Und wann ich sie tätigen werde.

Jede Bestellung kann die letzte sein. Für jeden von uns.

In Deutschland ist einem die Gnade der Hinrichtung nicht vergönnt. Stattdessen siecht man jahrelang dahin, während sich der Tod langsam, aber unaufhaltsam heranschleicht.

Tag für Tag, Stunde um Stunde. Eingesperrt in einer winzigen Zelle. Um keinen Preis darf ich es so weit kommen lassen.

Ich höre das Klicken von Handschellen und versuche, ihm zu entfliehen, doch meine Dämonen folgen mir. Alle Augen richten sich auf mich, als ich in den belebteren Teil der Ausstellung stürze. Zu den fragenden Blicken der Museumsbesucher gesellt sich Fotoikone Cindy Shermann, die mich in unterschiedlichsten Kostümierungen dutzendfach anstarrt.

Obwohl mein Puls rast und ich schwitze, ringe ich mir ein Lächeln ab. Ich höre empörtes Tuscheln, aber es wirkt. Die Kunstliebhaber wenden sich ab. Alle, bis auf einen.

Auf der gegenüberliegenden Seite des Raums steht ein Mann in Trainingsjacke, der sich nicht wegdreht, mich weiterhin zu beobachten scheint. Seine Lippen umspielt ein süffisantes Grinsen. Die Augen sind unter dem Schirm eines Baseballcaps verborgen.

Ich schlucke und mache ein paar zaghafte Schritte auf ihn zu. Mit der linken Hand halte ich die Aktentasche fest. Die Finger der rechten umklammern das in der Manteltasche verborgene Messer.

Das ist deine Chance! Vermassle sie nicht!

Etwas lässt mich zögern. Je näher ich komme, desto mehr Unstimmigkeiten fallen mir auf. Der Kerl ist größer als der, dem ich gestern im Park begegnet bin, die Haare eine Nuance heller, das

Kinn markanter. Es muss sich um den bislang unsichtbaren Komplizen handeln.

Geh weiter! Du hast es fast geschafft.

Als ich nur noch etwa drei Meter entfernt bin, dreht sich der Mann ruckartig um und hebt den Kopf leicht an, um das Portrait an der Wand anzuschauen.

Sherman trägt darauf eine blonde Locken-perücke und ein blaues, rüschenbesetztes Kleid. Die nackten Schultern nach vorn gezogen, steht sie mit verschränkten Armen und krummem Rücken da und zieht eine Grimasse für die Kamera.

Los jetzt!

Ich lasse mich nicht verunsichern. Stattdessen atme ich ein paar Mal tief durch, überwinde die Distanz zwischen uns und stelle mich direkt neben den Erpresser. Er nickt mir zu, scheint aber Sekunden später wieder tief in die Betrachtung des Bildes versunken.

War das ein Zeichen?

Nach einer Minute ratlosen Wartens stelle ich die Aktentasche auf dem Boden ab. Jetzt kann der Mann ungehindert danach greifen. Ich werfe einen verstohlenen Blick nach hinten. Wir werden nicht beobachtet.

Der Erpresser nickt beinahe unmerklich.

Er hat, was er will. Zeit zu verschwinden.

All die Angst war vollkommen unnötig. Jetzt wird alles wieder gut. Erleichtert lockere ich den Griff um das Messer, drehe mich um und schlendere davon. Ich habe bereits fünf Sherman-Portraits passiert, als ich einen Mann laut rufen höre: »Entschuldigung? Sie haben Ihre Tasche vergessen!«

Wie vom Blitz getroffen bleibe ich stehen. Es dauert einen Moment, bis ich die Kraft finde, mich umzudrehen.

»Hallo? Sie! Das ist doch Ihre.«

Ein unverständliches Raunen geht durch die vereinzelten Zuschauer der absurden Szenerie. Der vermeintliche Erpresser kommt ein Stück auf mich zu und streckt mir die Aktentasche entgegen.

Scheiße!

»Äh, ja.« Ich kann fühlen, wie mir die Röte ins Gesicht steigt. Wie ein ertappter Lausbub tapse ich auf den Kerl zu, lächle entschuldigend und nehme ihm das Ding wieder ab. »Danke.«

Wie dumm kann ein einzelner Mensch sein? Die Stimme meines Vaters ist so laut als stünde er direkt neben mir.

Das Gewicht an meinem Arm beträgt nicht einmal drei Kilogramm, und dennoch zieht es mich nach unten wie Tonnen von Blei. Ich bin versucht, die ganze Aktion abzublasen, das Museum über den Weg zu verlassen, den ich gekommen bin, entscheide mich aber dagegen. Die Ausstellung ist als Ring konzipiert. Ich kann ebenso gut durch die restlichen Räume zum Ausgang gelangen.

Bereits nach wenigen Schritten schallt mir glockenhelles Kinderlachen entgegen. Es erinnert mich schmerzlich an den kleinen Jungen, den ich im Berliner Indoor-Spielplatz blutüberströmt zurückgelassen habe.

Lukas Löschner.

Mit pochendem Herzen und einer Mischung aus Frust, Scham und Verwunderung trete ich durch den hohen Torbogen – in eine andere Welt.

Die Exponate sind bunt und schrill. Sie stammen aus Afrika, Ozeanien, China, Japan und Lateinamerika, zeigen typische Bräuche und inszenieren gleichzeitig auf schockierende Weise sinnliche Weiblichkeit. Ein Mädchen von vielleicht sechs Jahren tobt in ihrer Mitte umher, prallt wie eine pinke Billardkugel von Wand zu Wand.

Wer bringt denn ein Kind mit hierher?

Keiner der Anwesenden würdigt das fröhliche Toben auch nur eines Blickes. Es ist, als sei dieses Spiel eigens für mich konzipiert.

Noch während ich mich frage, ob ich langsam verrückt werde, rast der Blondschopf plötzlich direkt auf mich zu.

Instinktiv versuche ich auszuweichen. Ein Fehler, denn ich verliere dadurch den festen Stand.

Die kleine Stirn trifft mich genau in die Magengrube. Ich strauchle, versuche im Fallen, mit beiden Armen das Kind zu schützen, und lande hart auf dem Hosenboden.

»Scheiße! Alles okay bei dir?«

Sie hängt halb über meinen angewinkelten Beinen und kichert. »Du hast ›Scheiße‹ gesagt.«

»Ja.« Als der Schreck nachlässt, muss ich selbst lachen. »Entschuldige. Das ist ein böses Wort.«

Sie scheint unverletzt, richtet sich auf und wird ernst. »Ich sag's niemandem. Versprochen!«

Eine ältere Dame im schicken *Chanel*-Kostüm betritt den Raum und sieht mich pikiert an.

»Lauf lieber wieder zu deinen Eltern«, beeile ich mich zu sagen.

Die Kleine nickt artig, dreht sich um und flitzt grußlos davon.

Ich rapple mich auf, reibe den schmerzenden Rücken, schaue nach unten – und erstarre. Die Aktentasche ist verschwunden.

Stattdessen liegt auf den Fliesen eine einzelne, unbeschriftete Visitenkarte. Sie ist schwarz und trägt ein Muster, das an Blutadern erinnert. Genau wie der Umschlag, in dem sich der USB-Stick befand.

Die Erpresser haben das Geld erhalten.

FÜNFZEHN

Hastig sehe ich mich um. Keiner der Anwesenden trägt meine Aktentasche bei sich oder sieht auch nur ansatzweise verdächtig aus.

Da ist die feine Dame im *Chanel*-Kostüm, die das Gesicht in noch mehr Falten legt, während sie tief in eine Kohlezeichnung versunken ist. Zwei Männer Mitte fünfzig schlendern Händchen haltend zum Abbild eines Aborigines. Ein junger Kerl mit Dreadlocks und Hippie-Outfit studiert Anselm Kiefers Facettenreichtum an Erdtönen.

Die Erpresser haben das Geld erhalten.

Langsam sinkt die Erkenntnis ein. Völlig egal, wie die das mit der Tasche bewerkstelligt haben, es ist vorbei. Ich bin frei.

Zumindest vorerst.

Die Erleichterung bekommt einen faden Beigeschmack, als mir plötzlich klar wird, dass ich nicht sicher sein kann, ob das Video nun tatsächlich verschwindet.

Was wenn ...

Was sollte die Erpresser davon abhalten, in Kürze noch mehr Geld zu verlangen? Oder die

Aufnahmen trotz meiner Kooperationsbereitschaft der Polizei zu übergeben?

Ich denke an die abgelichteten Henkersmahlzeiten zurück und entscheide spontan, mir heute Abend ein riesiges Steak vom Kobe-Rind zu gönnen.

Jede Bestellung kann die letzte sein.

Was soll der Geiz? Wenn dies tatsächlich meine letzten Tage in Freiheit sein sollten, will ich sie ausgiebig genießen.

Ich habe alles getan, was ich konnte.

Mit der Akzeptanz der Tatsache, dass die Zukunft nun nicht mehr in meiner Hand liegt, fällt eine große Last von mir ab. Um die Probleme von Morgen kann ich mich kümmern, wenn es soweit ist. Wird mehr Geld gefordert, muss ich es eben auftreiben. Sollte man mich verhaften ... nun, dann gibt es immer noch einen Ausweg.

Den allerletzten. Wahrscheinlich würde ich der Welt damit sogar einen Gefallen tun.

Der Gedanke ist nicht neu, deshalb ängstigt er mich nicht mehr. Ich will nicht sterben. Das habe ich nicht verdient. Doch vor die Wahl gestellt, würde ich den Freitod jederzeit dem Dahinvegetieren in einer Zelle vorziehen. Ich bin vorbereitet.

Aber noch ist es nicht so weit, und mit etwas Glück muss ich die Jagdwaffe meines Vaters, die im Ankleidezimmer unter den Mänteln verborgen liegt, nie benutzen.

Alles wird gut. Vorerst bist du in Sicherheit.

Ich betrete den letzten Ausstellungsraum. In seiner Mitte steht eine Glasglocke auf einem unscheinbaren, grauen Podest. Der Gegenstand, den sie vor Berührung schützt, zieht mich sofort in den Bann.

Es handelt sich um eine Kugel, etwas größer als ein Basketball. Sie hat die Farbe von Elfenbein. Ihre Oberfläche ist nicht glatt, sondern uneben und von Löchern durchzogen, sodass das hohle Innere zu erahnen ist.

Erst als ich näher herantrete, erkenne ich, dass die Sphäre aus kleinen, identischen Gegenständen zusammengesetzt ist. Sie besteht aus Hunderten von Mäuseschädeln.

Als hätte man die Leichenteile der Tiere umfunktioniert und wieder zum Leben erweckt.

Ein Schauder kitzelt meinen Rücken. In ihrer Ähnlichkeit mit dem Planeten Erde erscheint die Skulptur als Memento mori der Gegenwart.

Gedenke des Todes!

Ob der Künstler – Alastair Mackie, wie mich ein kleines Schild am Podest informiert – diese Assoziation erzeugen wollte, bleibt ungeklärt. Die Kuratoren der Ausstellung jedenfalls scheinen meinen Eindruck zu teilen, haben sie die Wände des Raums doch mit Werken ausgestattet, die sich mit Tod und Alter beschäftigen.

Besonders beeindruckt mich eine Fotografie, die nicht einmal dreißig mal zwanzig Zentimeter misst. Sie zeigt einen alten Mann, der hinter einem jüngeren steht und ihm die Hand auf die Schulter legt. Die optische Ähnlichkeit lässt auf ein Verwandtschaftsverhältnis der beiden schließen. Es handelt sich aller Wahrscheinlichkeit nach um Vater und Sohn. Das Bild zeigt den Wechsel der Generationen.

»Pfft«, entfährt es mir, während sich meine Gesichtsmuskulatur ganz automatisch verspannt. *Als ob das tatsächlich so harmonisch verläuft.*

Zum Glück bin ich allein, und so bleibt mein Gefühlsausbruch gänzlich unbemerkt. Andernfalls hätte man mich sicherlich für einen ungebildeten Banausen gehalten, der die Konzeption des Werks schlicht nicht zu schätzen weiß.

Doch Kunst ist, der landläufigen Meinung zufolge, was eine Emotion im Betrachter auslöst. Am Ausmaß von Wut und Frustration gemessen, bin ich ein wahrer Kenner der Materie. Beides kocht gerade in mir hoch wie schwarzer Teer, der sich begierig durch meine Organe frisst.

Ich wende mich ab, will das Museum endlich verlassen, mache ein paar Schritte in den Korridor hinein – und da entdecke ich *sie*.

Sie trägt einen marineblauen Mantel und edle Lederhandschuhe, sowie eine farblich abgestimmte Handtasche. Die blonden Haare sind akkurat frisiert. Der ebenmäßige Teint akzentuiert die strahlend grünen Augen.

Sie ist perfekt.

Ein leises Kribbeln kitzelt meine Adern.

Die Schönheit ist in die Betrachtung der Poster vertieft, welche die kommenden Sonderausstellungen ankündigen.

Ich gehe zu ihr und stelle mich so nah an sie heran, dass ihre Schulter beinahe meinen Arm berührt. Es ist ein intimer Moment, den ich in vollen Zügen genieße.

»Irgendetwas Interessantes dabei?«, durchbreche ich schließlich das Schweigen. Mein Lächeln ist echt. Hoffnung keimt in mir auf.

Sie tritt den zarten Spross mit Füßen. Statt einer Antwort ernte ich zunächst nur einen genervten Blick. Obwohl sie mit Absätzen immer noch einen Kopf kleiner ist als ich, wirkt er herablassend. So, als sei ich nicht einmal den Dreck unter ihren Schuhsohlen wert.

Und das bist du auch nicht. Du bist jämmerlich.

Das Kribbeln verwandelt sich schlagartig in einen tosenden Sturm.

»Nicht wirklich«, lautet das knappe Urteil. Dann dreht sie sich um und geht achtlos davon.

Wie dumm kann ein einzelner Mensch sein?!, schimpft mein Vater, doch ich habe längst die Verfolgung aufgenommen.

Es ist, als zögen unsichtbare Schnüre an meinen Beinen. Ich kann nichts dagegen tun. Die Vernunft bellt mir Befehle ins Ohr, warnt, bettelt und fleht, doch mein Körper bewegt sich ganz ohne mein Zutun.

Krampfhaft versuche ich, den Drang im Zaum zu halten. Ich kann es mir nicht leisten, in meiner Heimatstadt einen Mord zu begehen. Noch dazu ohne Vorbereitung, und wenn mir womöglich Erpresser und Kommissare auf den Fersen sind.

Allerdings: Ein Stück in dieselbe Richtung zu gehen, ist noch keine Straftat. Mehr werde ich auf gar keinen Fall tun.

Mach dich nicht lächerlich!

Ganz automatisch gleitet meine Hand in die Manteltasche, liebkost die kleine Plastiktüte.

Sie muss sterben.

SECHZEHN

Draußen schlägt mir ein kalter Wind entgegen. Der Schweiß auf meiner Haut lässt mich umso mehr frösteln.

Ich ziehe die Lederhandschuhe an, knöpfe den Mantel zu und schlage den Kragen hoch. Immerhin gestattet mir das Kribbeln, mich einige Meter zurückfallen zu lassen.

Die Schönheit wendet sich nach links und schreitet den Bürgersteig entlang. Sie scheint es nicht eilig zu haben. Gleichzeitig bummelt sie nicht, wirkt zielstrebig. Trotz der ungünstigen Wetterverhältnisse sitzt ihre Frisur perfekt.

Auf dieser Seite der Straße gibt es keine Läden oder Bars. Ich kann mich also nicht im Getümmel der Menschen verstecken oder einem Schaufenster zuwenden. Da ist nur die meterhohe Fassade des Kunstmuseums. Sollte sich die Frau umdrehen, wird sie mich auf jeden Fall entdecken.

Ich will umkehren, einfach nach Hause gehen. Aber die unsichtbaren Schnüre ziehen mich weiter voran. Die Vernunft hat nicht den Hauch einer Chance.

Wir lassen den imposanten Bau hinter uns, erreichen eine Kreuzung und biegen in die Battonnstraße ein. Meine exponierte Lage ändert sich dadurch kaum. Auch im Wohnviertel sind nur wenige Menschen unterwegs.

Beinahe hoffe ich darauf, dass mich die Schönheit bemerkt. Sollte sie davonlaufen oder gar schreien, hat vielleicht sogar das Kribbeln ein Einsehen und lässt mich ziehen.

Bitte, flehe ich stumm. *Bitte dreh dich zu mir um.*

Sie tut nichts dergleichen. Stattdessen überquert sie eine weitere Kreuzung, ohne auch nur Verdacht zu schöpfen.

Ich überlege, ob ich sie absichtlich auf mich aufmerksam machen soll, und öffne schließlich den Mund zu einem Schrei. Doch kein Ton kommt über meine Lippen.

Sie muss sterben. Sie hat es nicht anders verdient.

Wir erreichen den alten jüdischen Friedhof. Über die Mauer hinweg kann ich die Grabsteine sehen. Sie sind von Grünflächen umgeben. Ein Ort der Ruhe und des Gedenkens inmitten der Großstadt.

Ich richte den Blick wieder aufs Ziel und muss erschrocken feststellen, dass die Frau stehengeblieben ist, um sich eine Zigarette anzustecken. Unser Abstand hat sich auf weniger als zwei Meter verringert. Abrupt mache auch ich Halt.

Bitte dreh dich zu mir um.

Die Hoffnung ist vergebens. Sie setzt sich wieder in Bewegung. Eine Rauchwolke wabert mir entgegen. Sie bringt den blumigen Duft von edlem Parfum mit.

Das Kribbeln in meinen Adern wird fordernder. Ich kann die Schönheit nicht entkommen lassen.

Wenige Minuten später biegt Madame rechts ab und hält auf die Obermainanlage zu. Ich kann mein Glück kaum fassen. Sobald wir den kleinen See mit dem Springbrunnen in der Mitte hinter uns lassen, habe ich gute Chancen, einen Moment ganz ungestört mit ihr allein zu sein. Vor Blicken geschützt zwischen Bäumen und Sträuchern.

Die Vorstellung versetzt mich in einen Rauschzustand. Jetzt gibt es kein Zurück mehr. Adrenalin schießt durch meine Adern wie ein Aufputschmittel. Das Kribbeln übernimmt endgültig die Kontrolle.

Während ich der Frau folge, gleitet meine behandschuhte Hand in die Manteltasche und öffnet die Plastiktüte darin. Ich ziehe eine der Halsketten hervor und verberge sie in der Faust, wo sie geduldig auf ihren Einsatz wartet.

Gleich ist es soweit.

Nur noch wenige Meter. Ich spüre die Pflastersteine unter den Sohlen. Das Rascheln des Blattwerks, das uns umgibt, übertüncht das

Geräusch meiner Schritte. Ich schließe unbemerkt auf, öffne die Finger und mache mein Werkzeug bereit.

Der blumige Duft entfacht ein Feuer in mir. Ich hole tief Luft, hebe die Arme nach oben und setze zum finalen Sprung an – als mich plötzlich eine Hand von hinten an der Schulter packt und unsanft herumreißt.

»Wusste ich's doch«, sagt Kommissar Eisweiler. Ein selbstgefälliges Grinsen legt sich auf seine Lippen.

Ich spüre, wie das gesamte Blut in meine Beine sackt. Mir wird schummrig.

»Wir mussten nur darauf warten, dass Sie einen Fehler machen.« Er lacht. »Aber selbst ich habe nicht damit gerechnet, dass es so schnell geht.«

Sein dicklicher Kollege nickt wortlos. Er sieht fast ein wenig enttäuscht aus. So, als habe ich ihm den Spaß an der Jagd verdorben.

»Nehmen Sie den Kerl fest«, höre ich die Schönheit hinter mir rufen. »Er hat mich die ganze Zeit verfolgt wie ein Stalker!«

Nebelschleier legen sich in mein Sichtfeld. Ich taumle, aber die Hand des Kommissars hält mich eisern fest.

»Sie sind verhaftet, Herr Graf.«

Ich höre Handschellen klicken. Diesmal entstammt das Geräusch nicht meiner Phantasie.

SIEBZEHN

Sie haben das Recht zu schweigen. Alles, was Sie sagen, kann und wird vor Gericht gegen Sie verwendet werden.

Ich erwarte die Rede aus Film und Fernsehen, aber sie kommt nicht. Gibt es die doch nur in Hollywood?

Während Strobel die Daten der Zeugin aufnimmt, lasse ich mich von Eisweiler aus dem Park führen wie ein angeleinter Hund. Mein Verstand ist benebelt. Das Sichtfeld verschwimmt.

Ich hab alles verbockt.

Nur am Rande nehme ich den silbernen Mercedes wahr, auf den wir zusteuern. Kein Blaulicht. Keine Aufschrift. Die Limousine ist deutlich hochpreisiger als die anderen am Straßenrand geparkten Wagen, ansonsten aber vollkommen unauffällig. Kein Wunder, dass ich meine Verfolger nicht früher bemerkt habe.

Die Scheinwerfer leuchten auf. Eisweiler bringt mich auf die Beifahrerseite und öffnet die hintere Tür. Er drückt meinen Kopf herunter, um mich auf den Rücksitz zu bugsieren. Ich lasse es geschehen.

Wie dumm kann ein einzelner Mensch sein?!, blökt mein Vater mir ins Hirn. Diesmal muss ich ihm recht geben.

Der Kommissar nimmt auf dem ledernen Fahrersitz Platz und stiert ernst geradeaus. Bleierne Stille umhüllt uns wie ein Leichentuch. Sie ist unangenehm, beinahe schmerzhaft, aber ich weiß nicht, wie ich sie durchbrechen kann, ohne mich noch mehr in die Scheiße zu reiten. Also halte ich lieber die Klappe.

Immerhin sitze ich bequem. Dankenswerterweise hat Eisweiler die Stahlfesseln um meine Handgelenke vor dem Körper fixiert, statt sie im Rücken zu schließen.

Vielleicht könnte ich ...

Ich denke darüber nach, ob mir die dadurch gewonnene Bewegungsfreiheit einen Vorteil verschafft, verwerfe die Idee aber schnell wieder. Der hintere Bereich des Wagens ist durch ein Sicherheitsnetz vom vorderen getrennt. Ich kann unmöglich über die Kopflehne greifen, geschweige denn die Handschellen als Waffe benutzen und den Beifahrer damit würgen.

»Wir können.« Wie aufs Stichwort öffnet Strobel die Tür und setzt sich auf den entsprechenden Sitz.

Sein fleischiger Hals ist nur eine Armeslänge von mir entfernt. Trotzdem kann ich nichts gegen

ihn ausrichten. Mein Puls rast. Die Ausweg-
losigkeit der Situation treibt mich schier in den
Wahnsinn.

*Es ist zu spät. Ich kann nichts mehr tun. Und
dass ich hier gelandet bin, ist meine eigene Schuld.*

Eisweiler startet den Motor. Wir brausen los.

Ich lege den Kopf in den Nacken und lasse den
Blick über den grauen Stoffhimmel gleiten, denke
über den anstehenden Gerichtsprozess nach, über
die unglaubliche Last an Beweisen.

*Auf frischer Tat ertappt … das ist das Ende! Selbst
ein spitzenmäßiger Rechtsverdreher könnte –*

Ich stutze. Vielleicht ist es jetzt an der Zeit,
Annabelle doch noch in alles einzuweihen. Sie
wird die Details meiner Unzulänglichkeit ohnehin
spätestens aus der Zeitung erfahren.

»Ich habe das Recht zu telefonieren«, sage ich
mit brüchiger Stimme. »Ich will einen Anwalt.«

»Sobald wir auf dem Revier sind, kannst du
anrufen, wen auch immer du willst«, antwortet
Eisweiler gelangweilt.

Strobel kichert.

Ich kann mir keinen Reim auf seine Reaktion
machen, halte mich aber auch nicht länger mit
Grübeln auf.

Alex, was hast du da wieder angestellt?

Schon jetzt kann ich den Spott meiner
Schwester förmlich hören. Trotzdem wird sie sich

dazu herablassen müssen, dem kleinen Bruder ein weiteres Mal aus der Patsche zu helfen. Wie damals, als ich das Jurastudium abgebrochen habe. Oder als ich daraufhin perspektivlos und verzweifelt war.

Sie wird sich meiner annehmen und mich retten müssen. So wie sie es immer getan hat.

Ich verziehe den Mund zu einem gequälten Lächeln, als mir ein chinesisches Sprichwort in den Sinn kommt, das ich vor langer Zeit irgendwo aufgeschnappt habe.

Es ist leicht über ein Königreich zu herrschen, aber schwer, die eigene Familie zu regieren.

Das passt wie die Faust aufs Auge. Und ich kann nur hoffen, dass Annabelle die ihr zugedachte Rolle nicht längst leid ist. Bei der Vorstellung, sie könne mich aufgeben, den Fall einfach ablehnen, befällt mich eine widerwärtige Mischung aus Verzweiflung und Wut.

Sie muss mir helfen! Das ist sie mir schuldig!

Meine Schwester hat nicht nur die Ausbildung, sondern auch das Geld und das Ansehen, mich aus dieser Situation herauszuboxen. Sie wird mich verteidigen. Und sei es auch nur, um den eigenen Ruf zu retten.

Bruder von Staranwältin ein Mörder!

Ich sehe die Schlagzeile schon vor mir. Diesen Skandal kann sich Annabelle auf keinen Fall leisten. Deshalb wird sie ihr Bestes tun, um für mich einen Freispruch zu erwirken.

Sie lässt mich schon um ihretwillen nicht in einer nasskalten Zelle verrotten.

Krampfhaft dränge ich das Bild, das sich mir unweigerlich auferlegt, ins Unterbewusstsein. Noch gibt es einen Funken Hoffnung. Er ist winzig, aber er glimmt tapfer in der Dunkelheit.

Alles wird gut, versuche ich mich zu beruhigen, doch die Angst lässt sich nicht gänzlich verdrängen.

Stattdessen ploppen weitere, düstere Szenen vor meinem inneren Auge auf. Ich sehe mich selbst in einer weißgekachelten Großraumdusche, umringt von haarigen Muskelprotzen. Eine schmale Liege mit kratziger Decke, direkt neben der Toilette. Den furchteinflößenden Zellengenossen, der für ein paar Zigaretten Gelenke auskugeln und Gliedmaßen brechen würde.

Mir wird heiß. Wieder verschwimmt mein Sichtfeld zu einem einzigen, grauen Schleier. Plötzlich erscheint mir die Imagination viel deutlicher als der Wagen, der mit hoher Geschwindigkeit durch Frankfurt braust und mich Minute um Minute meinem Schicksal näherbringt. Die grauenvolle Vision wird wahrwerden. Es führt kein Weg daran vorbei.

Selbst Annabelle wird mich nicht vor der Untersuchungshaft bewahren können. Und es kann Monate dauern, bis ein Gerichtstermin anberaumt wird. Bis überhaupt eine Chance besteht, dem Albtraum zu entkommen.

Wieder sehe ich die kratzige Decke vor mir. Diesmal beobachte ich, wie meine Hände sie aufheben und zur Schlinge binden. Wie ich auf einen klapprigen Holzstuhl steige und das andere Ende an einem Rohr an der Decke der Zelle befestige.

Hör auf damit! Das ist wirklich der allerletzte Ausweg!

Die Phantasie hört nicht auf meinen Befehl, spinnt die grauenvolle Szene vor meinem inneren Auge unaufhaltsam weiter. Mein Alter Ego legt sich die Schlinge um den Hals, stößt sich mit einem beherzten Sprung von der Sitzfläche des Stuhls ab und –

»Da wären wir.« Strobels freudiger Ausruf reißt mich aus meinen Gedanken.

Warum zum Teufel ist der Arsch so gut gelaunt?

Erst jetzt bemerke ich, dass das Motorengeräusch verstummt ist. Ich drehe den Kopf, schaue zum ersten Mal seit der Abfahrt aus dem Fenster – und erstarre.

»Was soll das?«

Wir befinden uns vor einer offenbar leerstehenden und ziemlich heruntergekommenen Lagerhalle mitten im Wald. Efeuranken wuchern über große Teile der Backsteinfassade. Einige der hochliegenden Fenster sind zerbrochen und notdürftig mit Brettern vernagelt. Das Tor ist so stark verrostet, dass man die ursprüngliche Farbe nur erahnen kann.

»Wo sind wir?«

Eisweiler ist bereits vom Fahrersitz gesprungen und um den Wagen herumgelaufen. Er öffnet die Tür, packt mich am Arm und reißt mich mit einem Ruck heraus.

Mein Hintern rutscht über das glatte Leder. Ich will reagieren, mich wehren, aber es ist längst zu spät. Ein stechender Schmerz durchzuckt meinen gesamten Körper, als meine Hüfte seitlich auf dem Boden aufschlägt.

Der Hüne lacht schallend und lässt meinen Arm los, wodurch nun auch mein Oberkörper nach unten sackt. Winzige, scharfkantige Schottersteine graben sich in die rechte Wange.

Die zwei wollen die Gerechtigkeit in die eigene Hand nehmen! Sie wollen mich leiden lassen, bevor sie mich der Justiz übergeben.

Ich versuche, mich aufzurappeln und schaffe es geradeso auf alle Viere, bevor Eisweiler mir einen Tritt in die Seite verpasst, der mich sofort wieder zu Boden streckt. Mir ist speiübel. Ich würge, aber es kommt nichts. Mein Puls hämmert im Takt eines Kolibri-Flügels.

Wieder höre ich den Kommissar lachen.

Meine Lunge schmerzt, als stünde sie in Flammen. »Was habt ihr vor?«, stöhne ich zwischen zwei gepressten Atemzügen, obwohl ich die Antwort längst kenne.

»Das wirst du schon sehen.« Eisweiler strahlt vor lauter Vorfreude. Sein Blick ist eiskalt. Ohne jede Gnade.

»Bitte«, ist das einzige, das ich noch herausbringe. Mir wird schummrig.

»Warte hier«, kommandiert der Hüne und stiefelt Richtung Halle davon, ohne eine Antwort abzuwarten.

Als hätte ich eine andere Wahl! Ich kann mich kaum bewegen!

Es dauert einen Moment, bis ich begreife, dass der Befehl gar nicht mir galt.

Strobel!

Der zweite Kommissar hat nicht eingegriffen, sich aber auch nicht an der Vergeltungsaktion beteiligt. Vielleicht kann ich *ihn* dazu bringen, Vernunft walten zu lassen – bevor Eisweiler mich noch totschlägt.

Mühsam stemme ich mich wieder auf Hände und Knie. Jede Bewegung jagt einen Feuersturm durch Eingeweide und Muskeln, aber ich muss es versuchen.

Der Dicke ist meine letzte Chance.

»Bitte.« Ich hebe den Kopf, damit ich ihn sehen kann. »Hört auf damit.«

Strobel sitzt noch immer auf dem Beifahrersitz, hat sich aber so umgedreht, dass er die Beine aus dem Mercedes strecken kann. Seine Miene wirkt desinteressiert, beinahe gelangweilt.

Ich versuche, auf allen Vieren zu kriechen, gebe aber schnell auf, weil mich die Handschellen derart einschränken, dass ich kaum vorankomme. Also stemme ich den Oberkörper hoch und robbe auf Knien nach vorn.

»Bitte. Lasst mich einfach gehen. Ich kann euch Geld besorgen. Viel Geld!«

Der Dicke zieht die Augenbraue nach oben, sieht mich an, als habe ich den Verstand verloren.

»Ich flehe Sie an! Sie sind doch ein vernünftiger Mensch und wissen –« Ich breche abrupt ab, will meinen eigenen Augen nicht trauen.

Im Fußraum des Mercedes steht eine Akten-tasche. Sie sieht exakt aus wie meine – die die Erpresser im Museum an sich genommen haben.

Wie groß ist die Wahrscheinlichkeit …?!

ACHTZEHN

Ich reagiere im Bruchteil von Sekunden. Blinde Wut rauscht durch meine Adern, gibt mir die Energie zurück, die ich brauche, um die verdammten Arschlöcher zur Strecke zu bringen.

Das Überraschungsmoment kommt mir zu Hilfe. Der Dicke hat kaum Zeit, die Veränderung in meiner Körperhaltung zu bemerken, da greife ich bereits zum Halfter, das an seinem Gürtel befestigt ist, reiße die Waffe heraus und entsichere sie.

Die Handschellen verhindern, dass ich mich dabei irgendwo abstützen kann. Ich muss beide Arme benutzen und schwanke ein wenig auf den Knien, aber nur ein kompletter Vollidiot könnte den Schuss auf solch kurze Distanz vermasseln.

Strobel macht ein dümmliches Gesicht, hebt im letzten Moment die Arme, kann mich aber nicht mehr aufhalten. Die Kugel dringt tief in seinen Bauch, zerreißt Muskeln und Eingeweide. Sein Blick zeugt von Überraschung, dann wird er vollkommen leer.

Der Knall hallt in meinen Ohren nach und ruft zwangsläufig Eisweiler zurück auf den Plan.

Noch immer auf Knien, drehe ich mich um so schnell ich kann und sehe ihn mit gezogener Waffe aus der alten Fabrikhalle stürzen.

Ich drücke ein weiteres Mal ab, verfehle das anvisierte Herz aber um Längen. Stattdessen wird die Schulter von der schieren Wucht des Aufpralls zurückgerissen. Der Hüne lässt die Pistole fallen und kippt wie in Zeitlupe nach hinten. Er landet im Kies, flucht und brüllt, strampelt mit den Gliedmaßen wie ein Käfer, kommt aber nicht wieder hoch.

Immerhin.

Ich schicke ein rasches Stoßgebet gen Himmel, bedanke mich bei meinem Vater, der mich mit auf die Jagd genommen und zumindest versucht hat, mir das Schießen beizubringen – wenn auch mit mäßigem Erfolg. Heute hat mir das weitere Folter erspart, wahrscheinlich sogar das Leben gerettet.

Mir bleibt nicht viel Zeit.

Panisch wende ich mich wieder dem Mercedes zu. Die Leiche hängt quer auf dem Beifahrersitz und sieht bereits jetzt aufgequollen aus, was allerdings nur an Strobels massiger Statur liegt.

Ich werfe die Waffe neben die Aktentasche im Fußraum, lege die Hände auf die Strebe zwischen den beiden geöffneten Türen und stemme mich auf die Füße. Dann beuge ich mich über den Toten und klopfe mit hastigen Bewegungen die Taschen ab. Es dauert eine halbe Ewigkeit, aber schließlich habe ich den Schlüssel für die Handschellen gefunden und kann mich befreien.

Nachdem die metallenen Fesseln klirrend zu Boden gefallen sind, bleibe ich einige Sekunden lang ratlos stehen.

Was zum Teufel ist hier passiert? Wer sind die beiden?

Eisweilers Schreie durchbrechen die Stille. Ich habe keine Zeit, mich zu fragen, ob Dick und Düster Kommissare sind, die sich mit einer Erpressung etwas dazuverdienen wollten, oder Erpresser, die Kommissare gespielt haben, um den Druck zu erhöhen.

Ich muss hier weg – und zwar schnell!

Kurz entschlossen renne ich um den Wagen herum und springe auf den Fahrersitz. Gerade noch rechtzeitig, denn vor der Lagerhalle kommt Eisweiler doch noch auf die Beine. Seine Bewegungen sind ungelenk, aber er beugt sich zur Pistole.

Der Schlüssel steckt. Ich starte den Motor und drücke aufs Gas. Der Schwung lässt die hintere Tür zuschlagen, die vordere knallt mit voller Wucht gegen Strobels Beine, die nach wie vor aus dem Mercedes heraushängen wie Tentakel.

Die Füße schleifen über den Kies, während wir vorwärts brausen. Irgendwie erwarte ich einen

Schmerzensschrei. Aber der Dicke macht natürlich keinen Mucks. Nie mehr.

Sein Kollege dagegen hält den Lauf der Waffe auf den Wagen gerichtet – mit der linken Hand, wie ich im Rückspiegel erkenne. Der rechte Arm baumelt nutzlos herab. Schüsse hallen durch die Luft, eine der Kugeln donnert mit einem lauten Krachen in den Kofferraum.

Ich ziehe intuitiv den Kopf ein, presse den Fuß noch fester aufs Gas. Der Wagen schießt ungebremst über den schmalen Waldweg, entfernt sich mit jeder Sekunde weiter von dem Schützen.

Mein Herz pocht fast schmerzhaft gegen den Brustkorb, ich fühle mich schwach und hundeelend, aber ich schaffe es. Als ich vorsichtig in den Rückspiegel schiele, ist Eisweiler nur noch als winziger Punkt zu erkennen. Kurz darauf ist er ganz verschwunden. Ich sehe nur noch ein Meer aus Nadelbäumen.

Wo zum Teufel bin ich?

Der Kiesweg wird schmaler und kurvenreicher. Ich muss die Geschwindigkeit verringern, um keinen Unfall zu bauen, wenige Minuten später sogar komplett abbremsen, weil ein Baum quer vor mir liegt.

Ich muss hier weg! Weit weg!

Wilde Panik lässt mich nicht klar denken. Ich springe aus dem Mercedes, verlasse den Weg und laufe in den Wald hinein, über Geäst, Moos und Steine, bis meine Lunge zu bersten droht und das Seitenstechen meine komplette linke Seite erfasst.

Außer Atem lasse ich mich an den Stamm eines Baumes sinken. Sollte Eisweiler versucht haben, mich zu Fuß zu verfolgen, so habe ich ihn mittlerweile abgeschüttelt. Ich bin allein. Nur das Rauschen des Windes und das Zwitschern der Vögel durchbricht die Stille.

Langsam kehrt mein Puls zu einer vertretbaren Frequenz zurück. Endlich habe ich Zeit, zur Vernunft zu kommen, darüber nachzudenken, was geschehen ist – und welche Folgen diese Entwicklung für mich hat.

Habe ich es gerade mit korrupten Kriminalbeamten aufgenommen? Oder mit zwei skrupellosen Verbrechern?

So oder so: Einer der beiden ist tot, Leiche und Tatort mit meiner DNA übersät. Und der verletzte Hüne wird Rache fordern.

So eine grandiose Scheiße!

Ich drehe mich um und verpasse dem Baum einen heftigen Hieb mit der Faust. Die Rinde hinterlässt rote Spuren auf den Knöcheln, den Schmerz spüre ich kaum.

Drei Erpresser, schießt es mir durch den Kopf. *Ich habe den Kerl im Park vergessen! Wo war der in der Zwischenzeit?*

Hektisch sehe ich mich nach allen Seiten um, kann aber weder ihn noch Eisweiler irgendwo ausmachen. Ich beginne, ratlos auf und ab zu laufen. Das Geräusch meiner Schritte wird vom Bett aus toten Tannennadeln verschluckt. Es ist, als wäre ich ein Geist.

Ich zücke mein Smartphone, um zumindest einmal herauszufinden, wo ich eigentlich bin, aber die App zeigt nur einen Punkt auf einer grünen Fläche. Für weitere Informationen fehlt der Mobilfunkempfang.

Wie dumm kann ein einzelner Mensch sein?! Erst der Vorwurf meines Vaters lässt mich erkennen, wie blind ich in all das hineingeschlittert bin.

Dabei waren die Zeichen derart offensichtlich! Angebliche Kommissare, die plötzlich vor meiner Tür auftauchen und mich zu einem Mord vor sechs Monaten befragen, bei dem ich keinerlei Spuren hinterlassen habe. Direkt nachdem mich ein Erpresserschreiben erreicht hat.

Und falls mir doch noch etwas einfallen sollte, erreiche ich Sie über welches Revier?, höre ich mich in der Erinnerung fragen.

Besser mobil. Die Nummer finden Sie hier. Warum habe ich nicht einmal einen Blick auf die Visitenkarte geworfen, die Eisweiler mir überreicht hat? Oder die Dienstausweise genauer unter die Lupe genommen? Die Antwort ist ebenso einfach wie erschreckend: Weil ich mich wie ein verängstigter Vollidiot benommen und das alles für bare Münze genommen habe, ohne es je zu hinterfragen.

Jetzt erscheint auch das Auftauchen der beiden Kommissare direkt nach der Geldübergabe im Museum in einem ganz anderen Licht. Genau wie der Mercedes ohne Aufschrift oder zumindest Blaulicht, in den sie mich verfrachtet haben. Ein hochpreisiges Modell, viel zu schick für die Polizei.

Bleibt die Frage, wie mir die Erpresser überhaupt auf die Schliche gekommen sind. Und was sie noch von mir wollten, wenn sie das Geld doch schon hatten.

Weil ich ihre Gesichter gesehen habe! Alle drei.

Langsam fügt sich alles zu einem Gesamtbild zusammen. Das beruhigt mich etwas. Wenngleich die Erklärung des Ganzen mir nicht hilft zu entscheiden, wie es jetzt weitergehen soll.

In mein Apartment zurückzukehren, kommt nicht in Frage. Dort wird man mich als allererstes vermuten. Auch Annabelle zu kontaktieren, erscheint mir eine überaus dumme Idee. Ich will sie nicht mit in den Schlamassel hineinziehen. Davon abgesehen, können mir weder ihre Kontakte noch ihr Geld jetzt weiterhelfen. Obwohl letzteres sicherlich nützlich wäre, wenn –

Geld!

Siedend heiß fällt mir die Aktentasche wieder ein, die ich in meiner Panik im Fußraum des Mercedes zurückgelassen habe.

Was bin ich nur für ein Vollidiot!

Wieder verpasse ich dem Baumstamm einen wütenden Hieb.

Ich weiß genau, was zu tun ist. Aber allein die Vorstellung jagt mir eine Heidenangst ein.

NEUNZEHN

Mit einem mulmigen Gefühl in der Magengegend schalte ich das Smartphone aus und gehe in die Richtung, aus der ich gekommen bin. Bei meiner panischen Flucht habe ich kaum auf markante Punkte geachtet. Das rächt sich jetzt.

Bin ich vorhin an diesem Baum vorbeigekommen? Über diesen Stein gestiegen? Oder habe ich längst die Orientierung verloren und verirre mich immer tiefer im Wald?

Ich tue mich unglaublich schwer, den Weg zurück zum Wagen zu finden. Trotzdem muss ich es versuchen. So sehr mir der Gedanke missfällt: Nach allem, was geschehen ist, bleibt mir keine Wahl als unterzutauchen. Dafür brauche ich Geld.

Immer wieder werfe ich einen hektischen Blick über die Schulter, verfluche die Idee, mich erneut in Gefahr zu begeben, aber mir bleibt keine Wahl.

Ich muss Frankfurt und damit mein altes Leben für immer hinter mir lassen. Ich darf weder das Handy noch die Kreditkarten je wieder benutzen, sonst wird man mich sofort aufspüren. Spätestens, wenn Strobels Leiche gefunden wird, sind nicht nur die beiden übrigen Erpresser hinter mir her, sondern auch Kriminalbeamte.

Schwermütig denke ich an das wundervolle Apartment im Grand Tower. Die Anzüge und Uhren. Meinen heiß geliebten AMG. All das werde ich nie wiedersehen. Ich werde mir eine neue Identität zulegen und in bescheidenen Verhältnissen leben müssen. Alexander Graf darf es ab heute nicht mehr geben.

Ein Knacken im Geäst lässt mich zusammenzucken. Sofort springe ich hinter einen Baum. Mein Herz rast. Jeder meiner Muskeln ist bis zum Zerreißen gespannt. Panisch sehe ich mich um, versuche, den Ursprung des Geräuschs auszumachen.

Da!

Nur etwa zwei Meter entfernt wackeln die Zweige eines Buschs. Ich halte den Atem an, mache mich auf das Schlimmste gefasst und –

Eine Amsel flattert zwischen den Blättern hervor, landet auf dem Waldboden und hüpft zeternd davon.

Der Krampf um meine Eingeweide löst sich. Ich atme erleichtert aus und mache mich wieder auf den Weg.

Kurz überlege ich, ob ich die Leiche doch noch verschwinden lassen und so wenigstens die Polizei aus der Sache heraushalten kann. Aber mir fehlen die Mittel. Ich habe weder die Kraft noch eine

Schaufel, um Strobel im Wald zu vergraben. Mir fehlen die Reinigungsmittel, um Blut und DNA-Spuren zu beseitigen.

Vielleicht kann ich ein Feuer legen, sobald ich die Aktentasche mit dem Geld an mich gebracht habe. Der Rauch wiederum würde Eisweiler sofort verraten, wo ich bin – wenn er nicht ohnehin schon längst dem Waldweg gefolgt ist und bei dem Mercedes auf mich wartet.

Scheiße, scheiße, scheiße!

Alles Fluchen hilft nichts. Ich brauche das Geld. Ohne bin ich völlig aufgeschmissen.

Ich tapere weiter durch den Wald und entdecke endlich ein silbernes Blitzen zwischen den Stämmen der Nadelbäume.

Sofort gehe ich wieder in Deckung, lausche angestrengt auf jedes Geräusch, kann aber nur das Zwitschern der Vögel und das Rauschen des Windes ausmachen.

Also werde ich mutiger und pirsche mich an den Wagen heran, wobei ich mich immer wieder nach allen Seiten umsehe. Die Erpresser sind nirgendwo zu entdecken.

Strobels Leiche sitzt unbewegt, schräg an den Beifahrersitz gelehnt. Die toten Tentakelbeine hängen aus dem Mercedes. An ihrem Ende, auf dem Schotterweg, zeigt sich ein Bild des Grauens. Beide Schuhe sind auf der rasanten Flucht abhandengekommen. Die Füße sind nicht mehr als zwei blutige Stümpfe.

Ich atme tief durch, schleiche vorsichtig darauf zu und will mich gerade darüber, in den Wagen hinein, beugen – als ich spüre, wie sich der Lauf einer Waffe an meinen Hinterkopf presst. Mein Herz macht einen Satz, schlagartig wird mir übel.

»Auf die Knie«, sagt eine mir völlig unbekannte Männerstimme.

Widerwillig gehorche ich dem Befehl und lasse mich auf den Schotter sinken. »Bitte, hören Sie, ich –«

»Halt's Maul!«

Das ist mein Ende!

Unweigerlich schießen mir die Fotografien aus dem Museum durch den Verstand. Henkersmahlzeiten von zum Tode verurteilten Straftätern. Steak und Pommes. Blaubeerpfannkuchen mit Eiscreme. Was habe ich zuletzt gegessen? Ich kann mich nicht einmal mehr erinnern.

Wie dumm kann ein einzelner Mensch sein?!, schimpft mein Vater zum allerletzten Mal. Und obwohl ich den Mann gehasst habe, finde ich die Tatsache, dass er meinem Tod beiwohnt und in altbekannter Manier an mir herummosert, fast ein wenig tröstlich.

Ich höre ein nur allzu vertrautes Klicken. Die Pistole wurde entsichert.

Zu spät, um etwas zu ändern. Zu spät, um sich über sich selbst zu ärgern. Zu spät.

Schweiß rinnt in Strömen meine Stirn hinab, tropft in die Augen, verklärt mir die Sicht. Die Muskeln werden schlaff. Das Zittern, das meinen gesamten Körper erfasst, lässt sich nicht unterbinden.

Ich werde hier und heute sterben. Und vielleicht habe ich das sogar verdient.

Ich gebe resigniert auf und warte auf den Schuss.

Ein Handy vibriert. Der Fremde hebt offenbar ab, denn kurz darauf höre ich ihn ein »Ja« knurren.

Ich atme erleichtert auf. Schonfrist. Wenn auch nur für ein paar Sekunden, vielleicht Minuten.

»Natürlich ist er zurückgekommen«, sagt der Mann, der mich töten wird. »Ich richte den Lauf auf seinen Schädel. Er kann nicht mehr —«

Stille. Offenbar spricht jetzt der Anrufer.

Eindeutig geht es in dem Gespräch um mich. Kurz steigt Hoffnung in mir auf, versiegt jedoch genauso schnell wieder im Nichts. Wer oder was sollte jetzt noch etwas an meiner ausweglosen Situation ändern?

Nach einigen Sekunden höre ich ein entnervtes Stöhnen. »Aber wieso —?«

Wieder ein Moment Stille.

Entmutigt versuche ich, nicht an die Waffe zu denken, mir stattdessen eine schöne Erinnerung ins Gedächtnis zu rufen, aber mir fällt keine einzige ein.

»Ja. Ich habe verstanden«, brummt der Fremde schließlich.

Zwei Sekunden später explodiert mein Hinter-kopf.

ZWANZIG

Das erste, das ich wahrnehme, als ich langsam wieder zu mir komme, ist ein Geruch. Klebrig und süß. Wie Popcorn oder Zuckerwatte.

Erst danach folgt der Schmerz. Mein Schädel pocht, das Gehirn ist ein einziger feuriger Klumpen. Ich versuche, den Arm zu heben, aber es gelingt mir nicht. Er ist zu schwer und irgendwie taub.

Panisch reiße ich die Augen auf – und werde von dutzenden penetranter Lichtstrahlen geblendet. Noch während sich meine Pupillen anpassen, dringt eine neue Tatsache in mein Bewusstsein. Der Stoff, den ich an Wange und Unterarmen auf der Haut spüre.

Es ist Seide.

Was zum –?

Langsam erkenne ich Staubpartikel, die durch die hellen Balken tanzen. Und ich begreife, wie das Phänomen zustande kommt. Mein Blick ist auf ein Fenster gerichtet, dessen Rollladen so weit geschlossen ist, dass das Licht von draußen nur durch die kleinen Löcher hereindringt.

Wo bin ich?

Der Rest des Raums liegt im Halbdunkel. Ich erahne eine Art Tischchen direkt neben meinem Gesicht. Darüber erhebt sich ein Gestell, das wie ein schmaler Garderobenständer wirkt. An einem der Haken hängt ein Beutel.

Wellen des Schmerzes branden von meinem Schädel ausgehend durch den gesamten Körper. Wieder versuche ich, den Arm zu bewegen. Diesmal gelingt es mir, ihn um einige Zentimeter anzuheben, bevor er kraftlos zurück nach unten sackt. Er landet weich.

Jetzt bin ich sicher: Ich liege auf einer Matratze. Und ich bin – warum auch immer – in edle Laken gehüllt.

Noch etwas fällt mir auf: Der Beutel, der an dem Ständer hängt, bewegt sich jetzt. Er baumelt hin und her. Nur ganz leicht.

Was ist passiert? War ich nicht eben noch auf dem Weg ins Gefängnis?

Langsam kommt die Erinnerung zurück. Die Schüsse. Die Flucht. Die Aktentasche. Der Pistolenlauf an meinem Hinterkopf.

Mir wird flau im Magen. Der Handrücken fühlt sich nach der Bewegung irgendwie komisch an. So als wäre etwas unter der Haut verrutscht.

Plötzlich geht mir ein Licht auf. Ich überprüfe die Theorie, in dem ich den Bereich zwischen Beutel und Tischchen fixiere, und tatsächlich:

Kaum erkennbar führt ein dünner Schlauch hinab bis zum Bett.

Zu mir. Oder besser gesagt: meiner Vene.

»Wir haben dir etwas gegeben«, bestätigt eine Stimme meine schlimmsten Befürchtungen. Sie klingt kratzig, irgendwie verfremdet. Aber sie gehört definitiv einer Frau.

Mein Herz macht einen Satz. »Wer sind Sie? Was wollen Sie von mir?«

Es kostet mich alle Kraft, mich auf der Matratze herumzuwälzen. Die Muskeln lamentieren, der Schädel schickt einen ganzen Tornado an Schmerz durch jede Faser meines Seins. Trotzdem schaffe ich es irgendwie, mich auf den Rücken zu drehen und mir mit tauben Fingern die Kanüle herauszureißen.

»Aber, aber, Alex«, tadelt die Fremde. »Wir wollen dir nichts tun.«

»Wer ist *wir*?« Ich lasse den Kopf zur Seite kippen, kann aber nicht mehr als eine schemenhafte Gestalt in einem Sessel erkennen. »Was haben Sie mit mir vor?«

»Wir wollen dir helfen. Zugegeben, anfangs stand es auf der Kippe. In der ersten Runde hast du uns bitter enttäuscht. Du wolltest der Wolf sein und warst doch nur ein verängstigter Hase.«

Ein Beutetier, schießt es mir durch den wirren Verstand.

»Wovon zum Teufel reden Sie da? Ich −«

»Und dann auch noch die Sache mit dem Kind in Berlin! Das war stümperhaft!«

Es war ein Unfall, will ich mich rechtfertigen, aber sie spricht bereits weiter.

»Die Show vor der Lagerhalle allerdings hat uns durchaus beeindruckt.«

Glück. Das war reines Glück. Statt das zu gestehen, sonne ich mich im Respekt, der in ihrer Stimme mitschwingt.

»Es kommt überaus selten vor, dass sich ein Todeskandidat zurück ins Spiel bringt.«

»Ein Todeskandidat?« Ich versuche krampfhaft, einen Sinn aus dem Gesagten zu ziehen, kann aber nur dümmlich wiederholen, was in meinem Hirn klebenbleibt. »Ein Spiel?«

»Nun, vielleicht trifft es das Wort *Test* etwas besser.«

»Sie haben mich getestet?«

»Das Geld werden wir behalten. Aber du hast dir eine Chance verdient. Und du sollst sie bekommen. Insofern du das möchtest.«

Ich protestiere nicht.

Ich kann nicht genau festmachen, woran es liegt − vielleicht ist es die Wortwahl, vielleicht der eigenartig vertrauenerweckende Tonfall − aber mich überkommt das Gefühl, dass die Frau mir tatsächlich nichts Böses will.

Nicht mehr, warnt die Vernunft, aber ich schiebe sie vorerst beiseite. Um mich zu wehren, zu kämpfen oder auch nur aus dem Raum zu stürmen, fehlt mir ohnehin die Kraft. Dafür klart mein Verstand langsam auf. Wollte die Fremde mich noch immer tot sehen, wäre ich es bereits.

»Wir stellen dich vor die Wahl, Alex. Sobald du dich bereit dazu fühlst, kannst du aufstehen und dieses Haus für immer verlassen. Niemand wird dir folgen.«

»Was ist mit Eisweiler?«, platzt es aus mir heraus. »Und der Polizei? Hat man Strobels Leiche im Wald schon entdeckt?«

Die Frau lacht. »Sie ist weg. Mach dir deshalb keine Sorgen. Einen Mann namens Bernd Strobel hat es nie gegeben. Sein Partner wurde herabgestuft und hat außerdem strikte Anweisung, dich nicht länger zu belästigen. Die Videoaufnahme aus Berlin stellt sicher, dass du nicht auf die Idee kommst, irgendjemandem von diesem Ort und deinen Erlebnissen zu erzählen. Sonst geht es dir sofort an den Kragen.«

Mit wem sollte ich auch darüber sprechen? Ich müsste mich selbst verraten!

»Du kannst in dein altes Leben zurückkehren, ja, sogar weiter morden. Aber irgendwann, wahrscheinlich in nicht allzu ferner Zukunft, das verspreche ich dir, werden sie dich erwischen.

Diesmal waren die Kommissare nicht echt. Beim nächsten Mal werden sie es sein.«

Mir kommt ein Gedanke. »Was ist mit dem Kerl im Park? Gehörte der auch zu dieser Scharade?« Ich kann es mir nicht vorstellen. Im direkten Vergleich wirkte sein Handeln stümperhaft. Irgendwie unvorbereitet.

»Nicki Jäger?« Die Frau lacht. »Nein. Er ist ein Dieb und Trickbetrüger – zugegeben, durchaus talentiert. Aber auch seinetwegen brauchst du dir keine Sorgen machen. Wir kümmern uns um ihn.«

Zum ersten Mal im Verlauf des Gesprächs schleicht sich ein bedrohlicher Tonfall in ihre Stimme. Doch er gilt nicht mir, sondern einem gemeinsamen Feind. Irgendwie schweißt uns das sogar ein bisschen zusammen.

Wir lösen das Problem für dich.

»Ich kann also einfach gehen, und alles ist wie zuvor?«

Trotz des Risikos, gefasst zu werden, klingt die Vorstellung im ersten Moment verlockend.

»Natürlich.«

»Wo sind wir?«

»In Niederrad«, antwortet sie leichthin. »Allerdings muss ich dich warnen: Solltest du dich entscheiden zu gehen, und es dir später anders überlegen, bist du hier nicht mehr willkommen.«

Es gibt kein Zurück.

»Wie lautet die andere Option?«

»Du schließt dich uns an. Wir können dir Sicherheit bieten, ein grenzenlos freies Leben. Du kannst deine Triebe unbehelligt ausleben. Unsere Kontakte und Möglichkeiten werden dich beschützen. Dafür musst du nur ein Teil des großen Ganzen werden.«

Langsam kehrt die Energie in meinen Körper zurück. Ich setze mich vorsichtig auf, kann dadurch aber nicht mehr erkennen als zuvor. »Wer seid ihr?«

Wieder höre ich sie lachen. Doch diesmal ist es nicht das kalte Gackern, das dem Trickbetrüger galt. Es ist herzlich und einladend, beinahe betörend.

»Wie kann ich mich etwas anschließen, das ich nicht verstehe?«

Schweigen.

Erst als die Stille schier unerträglich wird, bekomme ich eine Antwort. »Wir sind wie du.«

Die Fremde macht eine bedeutungsschwangere Pause, bevor sie weiterspricht. »Kurz vor seiner Hinrichtung im Jahr 1989 soll Ted Bundy gesagt haben: ›Wir sind eure Söhne, wir sind eure Ehemänner – und wir sind in ganz normalen Familien aufgewachsen.‹. Das ist natürlich nur bedingt zutreffend. Gerade du weißt das am besten.«

Wieder folgt ein Moment des Schweigens. Dann fährt sie fort: »Mit einer Sache hatte der wohl berühmteste von uns allen allerdings recht: Wir sind überall und haben Verbindungen bis in die höchsten Kreise. Wer sich uns anschließt, braucht den Arm des Gesetzes nie wieder zu fürchten.«

Langsam glaube ich zu begreifen, auch wenn sich mein Verstand vehement dagegen wehrt. Ich brauche Gewissheit. »Was hat das alles zu bedeuten?«

Die Frau steht vom Sessel auf und entfernt sich von mir. Ich glaube bereits, dass ich keine weitere Antwort bekommen werde, als sie plötzlich sagt: »Wenn du das wirklich wissen möchtest, dann komm in den Keller. Aber wenn du dich entschieden hast, gibt es kein Zurück.«

Die Tür schwingt auf. Der süßliche Geruch, den ich bis eben aus meinem Bewusstsein verbannt hatte, wird stärker. Gegen das einfallende Licht zeichnet sich eine schlanke Silhouette ab. Sekunden später ist sie verschwunden.

Ich bleibe allein und ratlos zurück.

Wir stellen dich vor die Wahl, Alex.

EINUNDZWANZIG

Ich schwinge die Beine aus dem Bett und springe auf. Dass ich keine Schuhe trage, bemerke ich in der Sekunde, als meine Füße den Boden berühren. Sie fühlen sich plötzlich nass und glitschig an. Ich rutsche aus, rudere mit den Armen und finde gerade noch das Gleichgewicht.

Glück gehabt.

Mein Herz rast. Die Ursache des Beinahe-Sturzes ist im Halbdunkel nicht zu erkennen. Ich halte mich nicht länger damit auf.

Stattdessen tapse ich vorsichtig auf den Licht-kegel zu, der durch die geöffnete Tür herein-dringt. Wieder wabert mir ein eigenartig süßlicher Geruch entgegen.

Tausend Fragen schießen durch meinen Verstand. Ich muss die Frau finden. Ich brauche Antworten. Doch als ich den Kopf aus dem Zimmer strecke und in den Flur spähe, ist er menschenleer.

Der Boden ist mit edlem Marmor bedeckt, die Wände in neutralem Weiß gehalten. Mir gegenüber, etwa drei Meter entfernt, führt ein bogenförmiger Durchgang in einen großzügig gestalteten Wohnbereich. Ich kann ein Sofa mit Blumenmuster, eine mannshohe Pflanze und einen Servierwagen sehen. Dahinter ermöglichen bodentiefe Fenster den Blick in einen hübsch angelegten Garten mit Zierteich. Ein Apfelbaum reckt seine Zweige der Sonne entgegen.

Wie lange war ich bewusstlos? Haben wir noch Dienstag? Oder ist bereits Mittwoch?

Mir wird schummrig. Durch den Schleier, der sich vor meine Augen legt, erkenne ich rechter Hand eine massive Eingangstür. Am Garderobenständer daneben hängt mein Mantel.

Sobald du dich bereit dazu fühlst, höre ich die Frauenstimme in meiner Erinnerung sagen, *kannst du aufstehen und dieses Haus für immer verlassen. Du kannst in dein altes Leben zurückkehren, ja, sogar weiter morden.*

Ich mache ein paar unsichere Schritte auf den Ausgang zu –

Aber irgendwann, wahrscheinlich in nicht allzu ferner Zukunft, das verspreche ich dir, werden sie dich erwischen.

– und bleibe ruckartig stehen.

Sie hat recht. Ich habe mich für den Größten gehalten. Den einen, der nie gefasst wird. Dabei war es verdammt knapp. Wäre die Videoaufnahme in die falschen Hände geraten, säße ich längst hinter Gittern.

Wir können dir Sicherheit bieten, ein grenzenlos freies Leben.

Ich wende mich nach links. Auf dieser Seite des Flurs befindet sich eine Treppe, die spiralförmig ins Obergeschoss und in den Keller führt.

Wer sich uns anschließt, braucht den Arm des Gesetzes nie wieder zu fürchten.

Die Entscheidung scheint einfach zu treffen. Trotzdem zögere ich. Wie kann ich einer Gruppe von Fremden vertrauen, die nichts von sich preisgibt? Noch dazu einer, die bis vor Kurzem entschlossen war, mich zu töten?

Die Show vor der Lagerhalle allerdings hat uns durchaus beeindruckt. Es kommt überaus selten vor, dass sich ein Todeskandidat zurück ins Spiel bringt.

Wieder und wieder lasse ich mir die Worte durch den Kopf gehen. Da ist etwas, das mir schmeichelt. Insbesondere, weil ich es im Alltag nur selten erfahre. Es ist Respekt.

Minutenlang stehe ich reglos im Flur, betrachte die Treppe und wäge meine Optionen ab. Schließlich werden meine Zehen kalt.

Die schlichte Tatsache bringt endlich Bewegung in die Sache. Ich drehe mich um und gehe zurück in das Zimmer, in dem ich aufgewacht bin. Jetzt, da sich meine Pupillen ans Tageslicht gewöhnt haben, kann ich noch nicht einmal mehr Silhouetten darin erkennen. Erst als meine Finger den Schalter an der Wand ertastet und umgelegt haben, sehe ich den Raum vor mir.

Auch hier ist der Boden mit Marmor bedeckt. Links steht der Sessel, in dem die Fremde für unser Gespräch platzgenommen hat. Er ist grün und trägt ein feines Blumenmuster. Daneben sind Bett und Nachttisch, beides aus Kirschholz und mit aufwändigen Schnitzereien verziert, die einzigen Möbel.

Ich entdecke meine Schuhe und ein schwarzes Paar Socken auf dem Fensterbrett und eile darauf zu. Als ich fast da bin, halte ich irritiert inne. Der Infusionsbeutel am Ständer ist leer. Mein Blick folgt dem Schlauch bis zu dessen Ende und entdeckt die Kanüle auf dem Fußboden, direkt neben dem Bett. Um sie herum hat sich eine blaue Pfütze gebildet.

Was zum –?!

Noch während ich realisiere, dass ich vorhin in dem Cocktail ausgerutscht sein muss, der eigentlich für meine Venen bestimmt war, drängt sich mir die Frage auf, was mir da überhaupt verabreicht wurde.

Aber, aber, Alex. Wir wollen dir nichts tun.

Ein derart dunkel eingefärbtes Medikament habe ich noch nie gesehen. Handelt es sich um eine Droge? Bin ich überhaupt noch Herr meiner Sinne?

Probeweise verlagere ich mein Gewicht auf das linke Bein und hebe das rechte an. Sofort beginne ich zu straucheln.

Scheiße!

Ich gehe in die Hocke und nehme die Pfütze in Augenschein. Es handelt sich um etwa einen halben Liter. Die andere Hälfte des Beutelinhalts muss in meinen Adern angekommen sein. Ich schaudere, zwinge mich aber trotzdem, noch genauer hinzusehen.

Die Flüssigkeit bildet kleine Bläschen. Sie scheint mit dem Marmor des Fußbodens zu reagieren, ihn langsam zu zersetzen.

Was zum Teufel haben die mir verabreicht?

Erschrocken weiche ich zurück – als plötzlich eine Erinnerung durch meinen Verstand schießt.

Ich muss fünf, vielleicht auch sechs Jahre alt sein. Papa hat mir eine Cola-Dose spendiert, weil ich ihm artig beim Forellen ausnehmen geholfen habe. Doch als ich freudig den Verschluss aufreiße, sprudelt die koffeinhaltige Brause überall hin. Sie spritzt über den Rand und meine Hände, auf den Küchenboden.

»Wie dumm kann ein einzelner Mensch sein?!« Papa ist sofort zur Stelle.

Er brüllt mich an und wirft mir den nassen Putzlappen direkt ins Gesicht. Er sagt, wenn ich die Pfütze nicht sofort wegwische, dann geht der

Marmor kaputt, und wir müssen ihn komplett erneuern lassen.

Sofort mache ich mich an die Arbeit, reibe über jeden Fleck, den ich finden kann. Aber es ist zu spät. Die braunen Ränder lassen sich nicht mehr entfernen.

Papa ballt die Faust. Doch dieses eine Mal schlägt er mich nicht.

Stattdessen wird sein Blick eiskalt. »Die Menschen sagen oft: ›Jemand ist hart wie Stein.‹. Aber das ist Humbug. Seht genau hin. Der Marmor hatte nicht den Hauch einer Chance. Er ist schwach. Lasst euch das eine Lehre sein.«

Erst jetzt bemerke ich, dass meine Zwillingsschwester neben mich getreten ist. Sie greift verschwörerisch nach meiner Hand.

»Ihr müsst härter sein als Stein, verschlagener«, sagt Papa, und obwohl er uns beide anspricht, sieht er nur ihr ins Gesicht. »Dann könnt ihr alles und jeden besiegen.«

Annabelle nickt.

Heiße Tränen rinnen mir die Wangen hinab, als ich ihre Hand abschüttle und davonlaufe. Ich habe es satt, immer stark sein zu müssen.

»Mann oder Memme?« Die rhetorische Frage hallt bis in die Gegenwart nach.

Jetzt, viele Jahre später, kommt mir das alles vor wie ein Traum. Trotzdem muss ich mehrmals blinzeln, um mich davon zu überzeugen, dass die Pfütze vor mir blau ist, nicht braun. Mein Herz rast, während ich die Bilder gewaltsam zurück ins Unterbewusstsein dränge.

Mit einer Sache hatte mein Vater allerdings recht: Marmor ist äußerst fragil. Die Tatsache, dass sich eine Flüssigkeit in ihn hineinfrisst, sagt nichts über deren Gefahrenpotenzial aus.

Ich betrachte die Einstichstelle auf meinem linken Handrücken. Nur ein winziger, roter Punkt ist zu sehen. Er scheint vollkommen harmlos.

Wir wollen dir nichts tun.

Nachdenklich richte ich mich auf, kremple die Ärmel meines Hemdes herunter und greife nach Socken und Schuhen. Um sie anzuziehen, setze ich mich aufs Bett. Mir wird wieder schummrig, aber der Anfall ist in Sekundenschnelle vorbei.

Vielleicht kommt der Schwindel gar nicht von dem, was in dem Beutel war.

Immerhin habe ich einen kräftigen Schlag abbekommen und war danach bewusstlos. Ich hebe die Hand und ertaste eine Mullbinde, die sorgfältig um meinen Kopf geschlungen ist und an der Stirn von zwei Klammern gehalten wird. Auf meiner rechten Wange klebt ein Pflaster.

Ich atme tief durch und stehe auf, sehe mich nach meinem Jackett um, kann es aber nirgends entdecken.

Muss es eben so gehen.

Ein letztes Mal spreche ich mir Mut zu. Dann gehe ich zur Tür und in den Flur hinaus. Genau in der Mitte bleibe ich stehen, blicke nach rechts, dann nach links.

Wir stellen dich vor die Wahl, Alex.

Wieder hadere ich mit mir selbst. Ich kann die Freiheit wählen – zumindest bis ich verhaftet werde.

Du wolltest der Wolf sein und warst doch nur ein verängstigter Hase.

Oder mich für das Unbekannte entscheiden, das Sicherheit verspricht.

Wer sich uns anschließt, braucht den Arm des Gesetzes nie wieder zu fürchten.

Es ist die Neugier, die schließlich den Ausschlag gibt. Mein akribischer Verstand lässt nicht zu, dass ich verschwinde, ehe ich das Geheimnis ergründet habe. Das innere Rechenzentrum schätzt die Möglichkeit, dass mir im Keller etwas Böses droht auf unter dreißig Prozent.

Sie geben mir eine Chance! Sie wollen mich dabeihaben.

Die Wahrscheinlichkeit, draußen gefasst zu werden, liegt bei einhundert. Vielleicht nicht heute oder morgen. Aber bald. Nach allem, was in den vergangenen Tagen passiert ist, muss ich mir das endlich eingestehen.

Ich bin nicht so gut wie ich dachte.

Ich wende mich nach links. Der allgegenwärtige, süßliche Geruch wird intensiver, je näher ich der Treppe komme.

Popcorn? Zuckerwatte?

Bevor ich es herausfinde, will ich mich oben umsehen. Ich muss so viel wie möglich über die ganze Sache, die Gruppe, von der die Frau gesprochen hat, in Erfahrung bringen.

Wir sind wie du.

Leise nehme ich Stufe um Stufe, bis ich in einem ausladenden Flur angekommen bin, von dem mehrere Räume abzweigen.

Auf jeden Fall verfügt die Gruppe über viel Geld. So eine Villa ist kostspielig, halte ich fest, während ich nach der ersten Klinke greife und sie Millimeter um Millimeter nach unten drücke. Ich halte die Luft an, drücke gegen das Blatt, doch es gibt nicht nach. Die Tür ist verschlossen.

Ich schleiche zur nächsten, dann zur übernächsten, versuche es wieder und wieder, kann jedoch keins der Zimmer betreten. Entmutigt gebe ich auf und wende mich wieder der Treppe zu.

Ich habe die Hälfte des Weges geschafft, als mich plötzlich erneut eine Erinnerung überfällt. Direkt vor mir sehe ich riesige, grüne Kinderaugen, die mich vorwurfsvoll anstarren. Die Ausgeburt meiner Phantasie schwebt in der Luft, wird deutlicher und deutlicher.

Ich schwanke, muss mich am Geländer festhalten, um nicht das Gleichgewicht zu verlieren und zu stürzen.

Plötzlich wird die Szene auch nach unten hin klarer. Ich erkenne eine kleine Stupsnase. Der Mund öffnet sich zum stummen Schrei. Die zarte Kehle wird von einer silbernen Kette zugeschnürt, deren Glieder sich tief ins Fleisch fressen.

»Nein«, stöhne ich laut. »Das stimmt so nicht. Das ist falsch!«

Die Augen werden stumpf, als sei alles Leben aus ihnen gewichen.

»Nein! Ich habe den Kleinen nicht erdrosselt! Es war ein Unfall! Mit dem Messer!«

Das Trugbild verblasst, verschwindet einfach im Nichts.

Gleichzeitig sackt mein Blut in die Beine. Ich lasse mich kraftlos auf eine der Stufen sinken. Zitternd bleibe ich einige Minuten lang sitzen.

Was zum Teufel ist mit mir los?!

Alles dreht sich. Die Welt um mich herum scheint irgendwie verquer. Mein Mund ist staubtrocken, der Atem kommt stoßweise und gehetzt. Selbst wenn ich wollte, in diesem Zustand kann ich das Haus unmöglich verlassen.

Mir wird klar, dass ich Hilfe brauche – und dass es nur einen einzigen Ort gibt, an dem ich sie bekommen kann.

Wir sind wie du.

Die tröstlichen Worte der Fremden hallen durch meinen schmerzenden Kopf.

Es gibt Menschen, die mich verstehen. Die mich annehmen, so wie ich bin. Wer auch immer hinter all dem steckt, hat nach der Sache mit den falschen Kommissaren sogar Respekt vor mir.

Das ist meine Chance! Jetzt oder nie!

Ich packe das Geländer, rapple mich auf und schleppe mich die Treppe hinunter. Es dauert eine gefühlte Ewigkeit, aber endlich habe ich es geschafft. Ich stehe im Keller und starre auf eine schwere, eiserne Tür.

Ein letztes Mal atme ich tief durch. Dann straffe ich die Schultern, trete ein und sehe –

»Annabelle?!«

Mit einem lauten Knall fällt die Tür hinter mir ins Schloss.

ZWEIUNDZWANZIG

»Ich wusste es«, sagt meine Zwillingsschwester. Sie sitzt in der Mitte des Raums auf einem Stuhl und funkelt mich böse an. »Ich habe es immer gewusst!«

Annabelle steckt dahinter! Weshalb bin ich nicht früher darauf gekommen?

Ich fühle mich verraten. Wie konnte sie mich so lange leiden lassen, eine Erpressung vortäuschen und mich durch die Hölle jagen? All die Jahre habe ich mich nicht getraut, mich ihr zu offenbaren. Weil ich sie nicht enttäuschen wollte! Dabei ist sie aus dem gleichen, verderbten Holz geschnitzt wie ich.

Es kommt überaus selten vor, dass sich ein Todeskandidat zurück ins Spiel bringt.

Sie wollte mich töten lassen!

»Alex, was hast du –?«

»Was sollte das alles?« Meine Stimme bebt. Wut und Enttäuschung brechen sich Bahn. Ich zittere am ganzen Körper. »Wie konntest du mir das antun? Ich bin dein Bruder, Herrgott nochmal!«

»Wie konnte *ich dir* das antun?!« Sie reißt die Augen noch weiter auf. In ihrer Stimme schwingt etwas mit, das ich mir nicht erklären kann. Es ist Verzweiflung. »*Du* bist doch der Grund dafür, dass man mich in diesen Keller verschleppt hat!«

Erst jetzt bemerke ich, dass ihre Arme nach hinten verdreht sind. Sie ist gefesselt.

»Was hast du angestellt, Alex? Wer zum Henker sind diese Typen?«

Der Raum fängt an sich zu drehen. Schneller und schneller rasen die blanken Ziegelwände an mir vorbei.

Nein, nein, nein!

»Was auch immer ihr von ihm wollt«, brüllt Annabelle, das Gesicht zur Decke gerichtet, »er wird es euch geben! Macht das mit ihm aus!«

Die Sicht verschwimmt. Durch den Schleier nehme ich kaum noch etwas wahr. Selbst die Stimme meiner Schwester wirkt plötzlich gedämpft.

»Du hast es wiedermal verbockt, Alex! Was schuldest du ihnen?«

»Ich ... ich weiß es nicht«, stammle ich wahrheitsgemäß, obwohl mich eine düstere Ahnung beschleicht.

Vielleicht trifft es das Wort Test etwas besser.

Ich wurde getestet und habe die Prüfung knapp bestanden. Was, wenn das noch nicht alles war?

In der ersten Runde hast du uns bitter enttäuscht.

Was, wenn ich es nur in die zweite Runde geschafft habe?

»Mach mich los, Alex! Wir finden eine Lösung«, schlägt Annabelle unerwartet einen versöhnlichen Tonfall an.

Hastig sehe ich mich um. Gegenüber der Tür, durch die ich gekommen bin, befindet sich eine zweite. Bis auf den Stuhl, auf dem meine Schwester festgezurrt ist, ist der Raum leer.

Obwohl…

Da, in der Ecke, liegt etwas auf dem Betonboden. Es ist etwa so lang wie meine Hand und funkelt silbrig im Licht. Ich stürze darauf zu und stelle erleichtert fest, dass es sich um ein Klappmesser handelt, ganz ähnlich dem, das ich in der Manteltasche hatte.

Nein, wird mir klar, als ich danach greife. *Es ist nicht ähnlich. Es ist dasselbe.*

»Komm schon! Mach mich los!«

Gehorsam wende ich mich dem Seil zu, das um Annabelles Handgelenke und die Streben der Stuhllehne geschlungen ist. Ich setze gerade die Klinge an, als mich ein kehliges Lachen schlagartig innehalten lässt.

»Sicher, Alex?«, fragt eine körperlose Frauenstimme.

Ich reiße den Kopf hoch und entdecke einen kleinen Lautsprecher an der Decke. Daneben hängt eine Kamera, deren Aufnahmelicht rot leuchtet.

»Du machst es dir unnötig schwer.«

Zögerlich lege ich den Kopf schief, taumle ein paar Schritte rückwärts.

Annabelle protestiert lautstark. »Was soll das? Komm sofort wieder her!«

Ich spüre etwas Hartes im Rücken. Als ich mich umdrehe, erkenne ich, dass es sich um die Türklinke handelt. Ich greife danach, drücke und zerre, aber sie gibt nicht nach.

»In was hast du mich da nur reingezogen?«

Obwohl ich das Ergebnis bereits zu kennen glaube, haste ich quer durch den Raum und versuche mein Glück mit der Tür, durch die ich gekommen bin. Auch sie bewegt sich keinen Millimeter.

Es gibt kein Zurück.

Mir schwant ein Verdacht. Ich fahre herum.

»Jetzt sei kein Vollidiot und schneid die Fesseln durch«, lamentiert Annabelle.

Ich kann nicht. Meine Muskeln reagieren nicht mehr. Starr stehe ich da und fixiere meine Schwester.

»Tick-tack, Alex, tick-tack.« Die Mahnung aus dem Lautsprecher bestätigt meine Befürchtung.

Das Spiel ist in vollem Gange. Ich habe mich darauf eingelassen. Jetzt muss ich mit den Konsequenzen leben.

»MACH! MICH! LOS!«

Ein dicker Kloß drückt mir die Kehle zu. Ich lasse das Messer fallen und presse mir die Hände auf die Ohren.

Das darf nicht sein!

Es ist nicht so, dass ich Annabelle liebe – ich weiß nicht einmal, ob ich zu einem derartigen Gefühl überhaupt fähig bin – aber sie ist die einzige Familie, die ich kenne. Der einzige Mensch, der mir noch bleibt.

»Das ist nicht fair«, brülle ich Richtung Decke.

Ich bekomme keine Antwort.

Kraftlos lehne ich mich an die Tür und lasse mich an dem kühlen Metall herabsinken, bis ich auf dem Hosenboden lande.

Es muss eine andere Möglichkeit geben!

»Sie meint es gut mit mir und war immer für mich da«, protestiere ich kraftlos.

»Ist das so?«

Die simple Frage bringt mich aus dem Konzept. Trotzdem nicke ich.

»Alex, was soll das alles?«, heult Annabelle. »Bitte! Bitte befrei mich endlich.«

Mir wird übel. Ich würge trocken.

»Dir geht die Zeit aus«, dröhnt es kalt aus dem Lautsprecher.

»Zeit wofür?«, schreit meine Schwester, obwohl auch sie langsam zu begreifen scheint. Vielleicht sieht sie mir die schreckliche Wahrheit an. In ihrem Tonfall liegt blanke Panik. »Alex, bitte! Bitte tu's nicht!«

»Ich muss.« Mühsam rapple ich mich auf und nehme das Messer wieder zur Hand.

»Nein, warte! Mach mich einfach los, und wir finden eine Lösung!«

Ich stakse auf tauben Beinen auf sie zu. »Wir kommen hier nicht raus.«

Nicht zu zweit. Eher töten sie uns beide.

»Doch, natürlich! Wir müssen nur warten, dann wird die Polizei –«

»Niemand sucht nach uns.«

»Wie lange bin ich schon hier? Ich werde in der Kanzlei erwartet. Klaus hat mich sicher schon als vermisst gemeldet!«

Vielleicht. Aber selbst wenn, wie geht es dann weiter?

Meine Hände zittern unkontrolliert, doch ich lasse den Griff des Messers nicht los.

Wir sind überall und haben Verbindungen bis in die höchsten Kreise, hallt es mir durch den Kopf.

Sie werden mich für immer wegsperren. Oder neue, falsche Kommissare schicken und mich töten. Beides ist keine Option. Nicht, wenn es noch eine andere Möglichkeit gibt. Nicht, wenn die Freiheit in Aussicht steht.

»Ich habe keine Wahl, Annabelle.«

»Man hat immer eine Wahl!«

»Nein«, widerspreche ich, bleibe aber stehen. »Manchmal hat man die nicht.«

»Alex, ich flehe dich an! Bitte komm zur Vernunft!«

Ich weiß nicht, was es ist, aber ihr Betteln löst etwas in mir aus. Eine Art Befriedigung.

Plötzlich sehe ich wieder die Kinderaugen vor mir. So real, als wären sie wirklich im Raum. Tiefgrün und anklagend hängen sie in der Luft wie Mahnmale meiner Unzulänglichkeit.

»Ich habe zu viele Fehler gemacht, Schwesterherz. Das hier ist meine letzte Chance, alles wieder ins Lot zu bringen.«

Wir sind wie du.

Vielleicht ist das eine neue Art Familie.

»INS LOT?!« Die Panik lässt ihre Stimme schrill werden.

»Zumindest für mich«, sage ich leise und mache einen weiteren Schritt auf sie zu. Die Klinge ist jetzt nur noch eine Armeslänge von ihrer Kehle entfernt.

»Pfff«, macht Annabelle. Ihre Unterlippe bebt. »Das ist nicht fair.«

»Nein«, gebe ich zu. »Das ist es nicht.«

Ein leises Kribbeln kitzelt meine Adern und jagt mir einen Heidenschreck ein. Sollte ich tatsächlich Gefallen daran finden, meine Schwester zu töten?

Wie vom Donner gerührt bleibe ich stehen.

Was zum Teufel ist los mit mir?

»Es tut mir ehrlich leid, dass du in all das hineingezogen wurdest«, erkläre ich und meine es auch so.

Ihr zartes Gesicht nimmt einen versöhnlichen Ausdruck an. »Dann hör jetzt auf, Alex. Schneide mich los. Ganz egal, was du getan hast und wie wir an diesem Punkt gelandet sind, es gibt immer einen Weg.«

Ich denke darüber nach.

»Bitte, kleiner Bruder. Wir sind doch eine Familie.«

Der Kloß in meiner Kehle verhärtet sich, raubt mir beinahe gänzlich den Atem. Ich lasse das Messer sinken, gehe zu ihr und streichle ihre Wange.

»Wir kommen zusammen hier raus. Und dann werde ich dich vor Gericht verteidigen.«

Ich zucke zurück als hätte ich mich verbrannt. Endlich erkenne ich die Taktik als das, was sie ist: Ein Akt der Verzweiflung, der an meiner ausweglosen Situation nicht das Geringste ändert. Noch immer glaubt Annabelle, die Überlegene zu sein. Die große Schwester, die mich beschützen kann. Sie irrt sich.

»Es ist an der Zeit, aus ihrem Schatten zu treten«, sagt die Frau durch den Lautsprecher, als habe sie meine Gedanken gelesen. »Töte sie! Jetzt!«

Ich muss. Sonst sind wir beide verloren.

»Es tut mir leid, Schwesterherz«, presse ich gequält hervor.

Das Kribbeln kehrt zurück, jagt wie eine Droge durch meine Adern. Ich hebe das Messer, hole aus – da zeigt Annabelle plötzlich ihr wahres Gesicht.

»Ich habe es immer gewusst!« Ihr Blick wird eiskalt. »Ich wollte es nicht wahrhaben, aber es stimmt. Du bist ein Monster!«

Ein schriller Pfeifton prescht durch meinen Schädel. Eine dunkelblaue Welle verschluckt die Gegenwart. Der Raum um mich herum versinkt im Nichts. Stattdessen donnert eine Erinnerung mit der Kraft eines herannahenden Güterzugs an die Oberfläche meines Bewusstseins.

Du bist ein Monster!

Und plötzlich ergibt alles einen Sinn.

DREIUNDZWANZIG

Es ist unser siebter Geburtstag. Annabelle trägt ein rosafarbenes Prinzessinnenkleid, das über und über mit edler Spitze bedeckt ist. Sie sitzt am Kopfende des großen Terrassentischs und kichert mit ihren Freundinnen um die Wette.

Fast alle Mädchen aus unserer Klasse sind da. Nur Nadine konnte nicht kommen, weil sie die Grippe hat. Annabelle findet das gut, weil sie ihr so nicht die Show stehlen kann. Das große Päckchen, das Nadines Mutter heute morgen vorbeigebracht hat, hat sie trotzdem genommen.

Ich fühle mich unwohl in dem kratzigen Leinenhemd, das Papa mir rausgelegt hat. Statt mit Freunden zu spielen, serviere ich pinken Fruchtsaft in Cocktail-Gläsern. Keiner der Jungs aus der Privatschule wollte kommen. Die Einladungskarte war rosa und mit Perlen besetzt – passend zum Motto der Party. Sie haben mich ausgelacht. Wie immer.

Der einzige männliche Gast ist Jürgen, der dicke Nachbarsjunge. Er steht am Buffet und schaufelt pinkes Popcorn und Zuckerwattefetzen in sich hinein. Von ihm erwarte ich keine Unterstützung. Er ist nur hier, weil unsere Väter befreundet sind.

Als habe ihn der Gedanke herbeibeschworen, tritt Papa zu uns heraus. Er trägt seinen besten Anzug, gekrönt von – wie könnte es anders sein – einer rosafarbenen Seidenkrawatte. In der Hand hält er einen Drink für Erwachsene. Er kippt ihn herunter und drückt mir das leere Glas im Vorbeigehen in die Hand, bevor er sich zu den Partygästen gesellt.

Annabelle bemerkt ihn und räuspert sich lautstark. Sie sitzt aufrecht und wirkt wie eine Königin. Der Hofstaat verstummt. Nur Jürgen futtert, drei Meter entfernt, ungerührt weiter.

»Ihr lieben«, beginnt Papa seine Rede. Er lallt nur ganz wenig. »Heute ist ein ganz besonderer Tag. Es ist mir eine Freude und Ehre, dass ihr alle hier seid, um mit mir den siebten Geburtstag meiner Tochter zu feiern.« Er stellt sich hinter Annabelle und legt ihr die Hand auf die Schulter.

Ich schlucke, unterdrücke die Tränen.

»Trinkt, esst und lacht so viel es euch beliebt, ihr kleinen Schätze! Ich habe mit euren Eltern gesprochen, und jede, die möchte, darf sehr gerne hier übernachten. Wir haben die Gästezimmer für euch hergerichtet, und vor dem Schlafengehen zeigen wir im Entertainmentraum *Pretty in Pink*.«

Ein freudiges Murmeln macht sich breit, doch Papa bringt die Mädchen schnell wieder zum Schweigen. »Aber *vorher* ist es Zeit für das Geschenk.« Er zaubert behände eine Schatulle aus der Tasche seines Sakkos und legt sie vor Annabelle auf den Tisch. »Ein Schmuckstück für mein Schmuckstück.«

Meine Schwester lässt ein begeistertes Quieken hören, als sie den Inhalt erblickt. »Es ist eine Halskette!« Die Gäste machen »ooooh« und »aaaah«, während Papa sie ihr um den Hals legt.

Von meiner Position etwas abseits des Tischs kann ich nur ein silbrig grünes Funkeln sehen.

»Sie hat deiner Mutter gehört«, erklärt unser Vater wehmütig und nestelt an dem Verschluss herum. »Ich habe sie extra reinigen und polieren lassen.«

»Danke, Papa!« Annabelle springt vom Stuhl auf und gibt ihm einen schmatzenden Kuss auf die Wange. Die anderen Mädchen kichern.

»Ich gehe dann jetzt besser und lasse euch weiterfeiern«, brummt er überraschend einsichtig und stiefelt an mir vorbei ins Haus. Er sieht mich nicht einmal an.

Das leere Whisky-Glas in der Hand, laufe ich ihm nach und sehe ihn gerade noch im Arbeitszimmer verschwinden, wo er sich zweifellos einen weiteren Drink gönnen wird.

Jetzt oder nie! Nachher ist er blau.

Ich nehme all meinen Mut zusammen und klopfe zaghaft an die Tür.

»Was?«, brummt es von drinnen.

Vorsichtig drücke ich die Klinke herunter und trete ein.

Das Büro meines Vaters ist ein Sammelsurium an teuren Antiquitäten, edlen Büchern und ausgestopften Trophäen. Wenn irgend möglich, vermeide ich es, den Raum zu betreten. Er jagt mir eine Heidenangst ein.

»Du hast dein Glas vergessen.« Der hochflorige Teppich verschluckt das Geräusch meiner Schritte.

»Bring es in die Küche.« Er thront hinter dem massiven Schreibtisch und sieht nicht einmal auf.

Stattdessen ist sein Blick starr auf einen Gegenstand in seiner Hand gerichtet. Als ich näherkomme, erkenne ich den goldenen Rahmen. Ich brauche das Foto darin nicht zu sehen, um zu wissen, was es zeigt.

Mama!

Wieder und wieder habe ich mich trotz meiner Angst heimlich in dieses Zimmer geschlichen, das Bild stundenlang betrachtet und mich gefragt, was wäre, wenn Mama noch hier wäre, statt im Himmel. Ich habe mir die perfekte Familie herbeifantasiert. Ein Traumgebilde, das ich niemals haben kann.

So oft habe ich das gemacht, dass ich jedes Detail der Aufnahme exakt beschreiben kann. In der Mitte steht eine freudestrahlende Frau im Bikini. Sie hat grüne Augen und blonde Haare, genau wie meine Schwester und ich, und sie ist klatschnass, weil sie gerade aus dem Meer kommt. Um den Hals trägt sie eine silberne Kette mit grünem Anhänger, auf dem eine kleine Figur abgebildet ist.

Die Kette, die Papa heute Annabelle geschenkt hat!

Ein dicker Kloß schnürt mir die Kehle zu. Es ist einfach nicht fair. Sie ist seine kleine Prinzessin. Ich stehe immer hintenan.

»Sie war so wunderschön«, sagt Papa mit Blick auf das Portrait meiner Mutter. Ich bin nicht einmal sicher, ob ihm bewusst ist, dass ich noch immer hier stehe.

Stör ihn besser nicht, warnt eine innere Stimme, aber ich blende sie aus. Die Enttäuschung weckt Mut in mir, beinahe Trotz.

Viel lauter als beabsichtigt, bricht es aus mir heraus: »Ich habe *auch* Geburtstag!«

»Glaubst du, das weiß ich nicht?«, herrscht Papa mich an. Tränen glitzern in seinen Augen.

Ich zucke zurück.

Er braucht es nicht auszusprechen. Ich erkenne den stummen Vorwurf auch so: *Du hast sie umgebracht.*

Die Erkenntnis trifft mich wie ein Schlag ins Gesicht. *Er kann mich nicht lieben. Er hasst mich. Und genau das zeigt er mir jeden Tag!*

Ich höre mich selbst jaulen wie ein verwundetes Tier. Von einer Sekunde auf die andere bin ich nicht mehr im Raum, sondern laufe.

Ich laufe über den Marmorboden im Flur und im Wohnzimmer, auf die Terrasse und in den Garten hinein. Weiter durchs knöchelhohe Gras, bis meine Lungen schier bersten. Heiße Tränen rinnen meine Wangen hinab. Ein schmerzhaftes Stechen macht sich in der Körpermitte breit. Ich renne weiter.

Wohin ich will, weiß ich erst, als ich das Ziel erreicht habe. Ganz am Ende des Grundstücks steht eine riesige Eiche. Nur die herabhängende Strickleiter verrät, was sich hinter dem dichten Blattwerk verbirgt. Auf einem der Äste ruht ein Baumhaus.

Heinz, unser Gärtner und Hausmeister, hat mir erzählt, dass Mama ihn bereits Jahre bevor sie schwanger wurde mit dem Bau beauftragt hat. Sie hat es selbst konstruiert, sogar Pläne gezeichnet, und er musste jeden einzelnen Schritt ganz genau befolgen. So sehr hat sie uns geliebt.

Dann hat sie uns im Stich gelassen.

Ich glaube, Papa hat längst vergessen, dass es das Häuschen gibt. Manchmal komme ich her und verstecke mich da oben, immer dann, wenn ich besonders traurig bin. So wie heute.

Das Holz ist morsch, und beim Hochklettern muss ich gut aufpassen, damit ich nicht abrutsche und stürze. Aber die Mühe lohnt sich. In dem kleinen Verschlag bin ich in meiner ganz eigenen Welt. Niemand kann mir hier etwas anhaben.

Ich setze mich auf die Planken und sauge den Geruch der Freiheit tief ein. Er ist würzig, gleichzeitig säuerlich. Er beruhigt mich. Das schafft er immer.

Gerade als ich mich etwas entspanne und die Tränen versiegen, höre ich sie. »Hey, Alex!«

Ich spähe durch die Blätter hindurch. Umringt vom johlenden Hofstaat schreitet Annabelle durchs Gras auf die Eiche zu.

»Wo steckt denn unser Kellner? Uns gehen die Getränke aus«, ruft eins der Mädchen.

Ein weiteres säuselt in widerwärtig süßlichem Tonfall: »Kooooooomm her, kleiner Alex!«

Als wäre ich ein Tier!

Alle kichern.

Selbst meine Schwester stimmt mit ein. Wie sie so dasteht und den Mund aufreißt, verkommt ihr Gesicht zu einer hässlichen Fratze.

Ich zucke erschrocken zurück, aber es ist zu spät.

»Da«, ruft eine der Stimmen. »Er hat sich im Baum versteckt!«

Die Meute grölt triumphierend.

»Komm raus, du Heulsuse!«

Oh nein! Sie haben mich weinen sehen.

Die Röte schießt mir in den Kopf. Mir ist heiß, dann plötzlich eiskalt. Scham und Frust lassen mich erzittern. Ich wünschte, ich könnte hierbleiben. Mich einfach verstecken, bis alle gegangen sind.

Doch Annabelle lässt mich nicht. »Stell dich nicht an wie ein Baby und komm da raus«, ruft sie und klingt dabei fast wie Papa.

Weichei, höre ich ihn in meinem Kopf brüllen. *Du jämmerlicher Taugenichts!*

Ich presse mir die Hände auf die Ohren und schließe die Augen, versuche verzweifelt die Realität aus meiner Welt auszusperren. Aber es klappt nicht.

»Muss ich dich etwa holen kommen?«

Der Mädchentrupp lacht, einzelne Stimmen feuern Annabelle an.

»Jaaaa, schnapp ihn dir!«

»Seine Schicht ist noch nicht zu Ende!«

Die beiden Seilenden, die an den Holzlatten befestigt sind, bewegen sich. Meine Schwester muss die Leiter erreicht und sich auf den Weg nach oben gemacht haben.

Wenige Sekunden später taucht erst ihr Kopf, dann auch ihr Oberkörper vor mir auf. »Jetzt stell dich nicht an und komm runter!«

Ich presse die Lippen zusammen und schüttle den Kopf.

»Bitte, Alex«, sagt sie tadelnd und packt meinen Arm. »Das ist ja peinlich!«

Der Versuch, mich loszureißen, misslingt. Der Griff meiner Schwester bleibt eisern.

»Komm endlich runter, du Heulsuse! Du blamierst mich zu Tode!«

»Das ist mir egal«, behaupte ich, obwohl es nicht stimmt. Was sie von mir hält, ist mir wichtig. Aber die Mädchen da unten, die sollen verschwinden.

Unsere Rangelei geht weiter. Noch hat keiner die Oberhand. Doch dann wird ihre Stimme plötzlich quengelnd: »Du ruinierst mir meinen Geburtstag!«

Jetzt reicht's!

So fest ich kann, stoße ich zu. Der Griff um mein Handgelenk lockert sich. Der Oberkörper meiner Schwester kippt nach hinten, sie rudert mit den Armen – und plötzlich ist sie weg.

Die Mädchen kreischen entsetzt.

»Annabelle!« Ich stürze auf das Loch zu, in dem sie verschwunden ist, erwarte, ihren Körper eigenartig verbogen im Gras liegen zu sehen – und schnappe erschrocken nach Luft.

Nur etwa einen halben Meter sind ihre weit aufgerissenen Augen von den meinen entfernt.

Die Hände zucken hin und her, greifen wieder und wieder ins Leere. Auch die Füße finden kaum Halt auf der hin und her schlingernden Leiter. Die glatten Sohlen der Sonntagsschuhe gleiten vom Holz ab als wäre es Eis.

Das verzweifelte Kreischen der Partygäste nimmt kein Ende.

Es dauert einen Moment, bis ich begreife, was Annabelles Sturz gebremst hat. Mamas Kette hat sich in einer der Sprossen verfangen. Sie schnürt meiner Schwester die Kehle zu. Die Glieder fressen sich gierig in den zarten Hals.

»Jemand muss sie losmachen«, schreit eins der Mädchen.

Ich lehne mich ein Stück nach vorn, halte dann aber abrupt inne. Das Gesicht unter mir verfärbt sich aschfahl. Die Augen werden noch größer, scheinen beinahe aus dem Schädel zu ploppen. Annabelle reißt den Mund auf. Die Zunge ist geschwollen und bläulich.

Ein Kribbeln, das ich noch nie zuvor gefühlt habe, schießt durch meine Adern. Ich fühle mich mächtig, ja, sogar unbesiegbar. Zum allerersten Mal stehe ich über meiner Schwester, blicke nicht neidisch zu ihr auf.

Das hat sie verdient!

»Halte durch«, höre ich unten jemanden rufen. »Gleich kommt Hilfe!«

Schlagartig ist das Hochgefühl weg. Ich strecke den Arm aus, packe die wild zappelnde Hand und ziehe so fest ich kann.

Annabelle ächzt.

Mit aller Kraft werfe ich den Oberkörper nach hinten. Endlich verringert sich das Gewicht. Die Füße scheinen Halt auf der Leiter zu finden. Schließlich packt Annabelles Hand zu, umklammert den Rand der Luke. Gemeinsam gelingt es uns, sie nach oben ins Baumhaus zu hieven.

Keuchend und am ganzen Leib zitternd hockt sie da und reibt sich den Hals, an dem sich tiefrote Striemen abzeichnen.

»Alles okay?«

Sie öffnet den Mund. »Paaaaaaapa!« Ihre Stimme klingt kratzig und bricht, ehe sie ein zweites Mal schreien kann.

Doch das ist gar nicht nötig.

»Ich bin da, Prinzessin! Ich komme«, höre ich meinen Vater brüllen.

Panik macht sich in mir breit. »Bitte«, flehe ich, »bitte verzeih mir. Das wollte ich nicht.«

Die grünen Augen starren mich fassungslos an. »Du hast gewartet. Ich hab's genau gesehen!«

Ich rücke von ihr ab, bis ich die hölzerne Wand berühre.

Die Knoten der Strickleiter wackeln. Papa ist fast da.

»Nein, bitte! Es war ein Unfall! Ich könnte doch nie –«

»Mein Schätzchen! Was ist passiert?« Eine Whiskeyfahne wabert mir entgegen. Der schwere Männerkörper bringt das gesamte Baumhaus zum Ächzen.

Meine Zwillingsschwester stürzt sich in eine Umarmung, schmiegt das Gesicht an die tröstende Brust. Erst als sich ihr Atem normalisiert hat, dreht sie den Kopf.

Riesige Kinderaugen starren mich vorwurfsvoll an. Sie schimmern tiefgrün wie edle Smaragde, erhaben, beinahe majestätisch.

»Du bist ein Monster!«

Papas Gesichtsausdruck gefriert zu Eis, als er mich in der Ecke entdeckt. Ich ahne, dass mir eine Hölle bevorsteht, die meinen bisherigen, trostlosen Alltag weit in den Schatten stellt.

VIERUNDZWANZIG

Ein Brüllen reißt mich aus der Erinnerungssuppe heraus und zurück in die Gegenwart. Es hallt von den Wänden des Kellers wider und vervielfacht sich in meinem Schädel, bis mir die ganze Welt gleichgültig wird. Jetzt gibt es nur noch mich und Annabelle.

»Du bist nicht bei Verstand«, beschwört sie mich. Die tiefgrünen Augen starren mich eindringlich an. »Du brauchst Hilfe!«

Zu spät. Ich wende mich angewidert ab. Wie kann sie selbst jetzt noch so würdevoll aussehen? Sich für derart überlegen halten?

Sie glaubt, mich überzeugen zu können, und geht noch einen Schritt weiter: »Du willst mich doch gar nicht töten!«

»Das habe ich bereits«, höre ich mich selbst sagen, und erst jetzt wird mir klar, dass das in gewisser Weise stimmt.

Ich habe meine Schwester getötet. In Gestalt einer Joggerin am Bodensee. Der Kassiererin im Berliner *Kinder-Spiele-Tobe-Land*. Einer Obdachlosen im Park. Ich hätte auch die Blondine aus dem

Museum ermordet, wenn ich die Gelegenheit gehabt hätte. Und danach hätte ich weitergemacht, mir ein weiteres Opfer gesucht.

Doch all diese Frauen sind nur ein trauriger Abklatsch von Annabelle. Dem Mädchen von damals, das geliebt und verhätschelt wurde. Der schillernden Figur, die für all das steht, was ich nie haben konnte. Der Frau, die tatenlos zugesehen hat, wie ich durch die Hölle ging.

Sie muss sterben!

Ich halte das Messer hoch und fahre zu ihr herum. Meine Bewegungen werden fester. Das Zittern kommt zum Stillstand. Ich verwandle mich in den Wolf. In das Raubtier, zu dem sie mich gemacht hat.

»Es ist soweit.«

Dir werde ich's zeigen!

Sie sieht es mir an, bemerkt die Veränderung in Stimmlage und Haltung – und ändert gleichfalls die Taktik. »Geht es ums Geld?« Endlich erkenne ich einen Anflug von Angst in ihrer Stimme. »Papa hat dich mit dem Testament über den Tisch gezogen, das weiß ich, Alex. Es tut mir leid. Ich hätte viel früher nachgeben und dir deinen Anteil zugestehen sollen. Du kannst ihn haben.«

Ein irres Lachen bricht aus mir heraus. Nein, darum geht es schon lange nicht mehr. Diese eine, letzte Ungerechtigkeit im Frühjahr mag der Tropfen gewesen sein, der das Fass zum Überlaufen gebracht hat. Doch jetzt kommt Annabelles Einsicht zu spät.

»Meinst du wirklich, das macht noch einen Unterschied? Nach allem, was du mir angetan hast?« Ich lege die Klinge an ihren Hals.

»Alles«, krächzt sie und zappelt in wilder Panik auf dem Stuhl herum. Er wackelt. An der Kehle zeigt sich ein hauchdünner Schnitt. Ein rotes Rinnsal perlt über die ansonsten makellose Haut. »Du kannst das ganze Geld haben! Und das Haus! Lass mich gehen, und ich überschreibe dir alles! Wir können noch heute den Vertrag aufsetzen.«

»Hör auf damit, Schwesterherz«, sage ich ruhig. »Wir wissen beide, dass das nicht passieren wird.« Ich genieße den Ausdruck auf ihrem Gesicht, fühle mich endlich erhaben.

Ihre Muskeln erschlaffen, als sie begreift. Es ist vorbei. Sie ist chancenlos.

»Ich hasse dich«, stellt sie sachlich fest.

Ich weiß.

Tausende Nadeln kitzeln meine Venen. Die Vorfreude berauscht mich. Ich reiße das Messer nach oben, hole mächtig aus.

Plötzlich bäumt sie sich doch nochmal auf, kämpft um ihr Leben. Die vorderen Stuhlbeine lösen sich vom Boden, Annabelle kippt nach hinten und kracht auf die gefesselten Hände. Sie jault auf wie ein Tier.

Ich kann nicht anders, als schallend zu lachen. Hilflos liegt sie da, wie eine Schildkröte auf dem Rücken. Zwei Schritte, schon blicke ich wieder direkt in die stumm schreienden Augen.

»Jetzt hab dich nicht so. Du machst es doch nur noch schlimmer«, tadle ich sie, obwohl ich jede Sekunde ihrer Furcht genieße.

»Bitte, Alex!« Sie beginnt zu schluchzen.

Ich gehe neben ihrem Gesicht in die Hocke, will ganz nah bei ihr sein, wenn sie ihr Leben aushaucht.

Ein silbrig grünes Funkeln lenkt meine Aufmerksamkeit auf Annabelles Hals. Wieder muss ich schallend lachen.

Das ist Schicksal!

Auf der kleinen Schnittwunde, die bereits aufgehört hat zu bluten, liegt der Heilige Sankt Benedikt. Ich kann mein Glück kaum fassen. Mamas Kette ist beim Sturz aus dem Kragen der Bluse gerutscht. Dass meine Schwester ausgerechnet heute entschieden hat, sie umzulegen, werte ich als Zeichen einer höheren Macht.

Sie muss sterben! Sie hat es verdient!

Ich lasse das Messer fallen, packe Annabelle bei den Schultern und stemme sie samt Stuhl zurück in ihre Ausgangsposition. Sie kreischt, versucht verzweifelt, sich zu wehren, doch die Fesseln geben keinen Deut nach.

Es ist soweit.

Das Kribbeln wird beinahe schmerzhaft. Alles in mir drängt danach, endlich zuzuschlagen.

Ich baue mich hinter Annabelle auf, greife begierig nach der Kette und zwirble die silbernen Stränge im Nacken über Kreuz.

Meine Schwester reißt den Kopf nach hinten, sieht mich direkt an. In ihrem Blick liegt Gewissheit. Sie weiß es.

Es ist vorbei.

So fest ich kann, ziehe ich zu.

Ein Röcheln, dann wird es ganz still. Die Haut verfärbt sich erst blass, dann bläulich. Die Augäpfel treten beinahe aus dem Schädel. Dick und wabbelig, zuckt die geschwollene Zunge zwischen bleichen Lippen hervor. Der Körper bebt im Todeskampf.

Bevor Annabelle in die rettende Ohnmacht gleiten kann, lockere ich die Schlinge. Bei den anderen Frauen, ihren Stellvertreterinnen, habe ich Gnade walten lassen. Aber *sie* soll den Schmerz fühlen. Leiden, wie ich gelitten habe.

Ich lasse von der Kette ab und hebe stattdessen das Messer vom Boden auf.

Annabelle regt sich nicht. Ihr Atem ist flach und pfeifend. Trotzdem ist sie bei Bewusstsein.

Ich kann ihre Angst spüren. Die Freude darüber macht mich ganz schwindelig.

Genüsslich langsam gehe ich um den Stuhl herum und stelle mich direkt vor meine gefesselte Schwester. Ihre Pupillen sind unterschiedlich groß, haben den Fokus verloren. Der Blick irrt ziellos hin und her.

Durch den dünnen Stoff der Bluse ertaste ich die einzelnen Rippen. Ich setze die Klinge zwischen der zweiten und der dritten, direkt über dem Busen, an.

»Hmpf gruuu«, gurgelt Annabelle.

Ich antworte nicht. Stattdessen umklammere ich mit der freien Hand die Lehne des Stuhls, damit er nicht umkippt, und schiebe anschließend das Messer in sie hinein. Haut und Gewebe werden durchbohrt. Die Muskeln verkrampfen sich. Ich spüre den leichten Wiederstand, als die scharfe Spitze die Lunge erreicht.

Mit einem kräftigen Ruck reiße ich den Griff zurück. Ich höre ein nasses Rasseln. Blut sickert, von außen unsichtbar, in das Organ hinein und deutlich erkennbar aus Annabelle heraus. In Sekundenschnelle verfärbt sich der Stoff rund um das Loch, das in ihrer Brust klafft, dunkelrot.

Der linke Lungenflügel kollabiert. Ich habe es geschafft. Ich habe meiner Schwester den Atem geraubt. So, wie sie mir all die Jahre den meinen geraubt hat.

Sie bringt ein schmerzerfülltes Stöhnen zustande und sieht aus, als wäre sie kurz vor dem Ende.

Aber ich bin noch nicht fertig mit ihr. Ich hebe das Messer weit über meine Schulter, dann ramme ich es mit aller Kraft in ihr kaltes, seelenloses Herz.

Es ist ein Befreiungsschlag. Eine tonnenschwere Last scheint in der Sekunde von mir abzufallen, als Annabelles Puls für immer erstirbt. Das schmerzhafte Kribbeln verwandelt sich in pure Freude, die durch jede Faser meines Seins peitscht wie eine unbändige Woge.

Ich atme auf, lasse den Griff des Messers los und taumle zurück. Ich genieße das Hochgefühl in vollen Zügen, nehme den Raum um mich herum noch immer kaum wahr. Ungläubig starre ich auf die Leiche meiner Schwester.

Ich hab's getan! Ich hab's tatsächlich getan!

Mehrmals umkreise ich mein Werk. Mich erfasst ein Gefühl unbändigen Stolzes. Ich habe triumphiert, mich endlich gegen all die Ungerechtigkeit zur Wehr gesetzt. Annabelle hat endlich bekommen, was sie verdient.

Minuten vergehen, bis ich schließlich realisiere, wo ich bin, und den Kopf zur Kamera hebe.

»Sie ist tot! Das ist es doch, was ihr wolltet«, rufe ich.

Und das, was ich tief im Inneren wollte.
Genugtuung. Rache.

Ich muss mir eingestehen, dass mir die geheimnisvolle Gruppe, die hinter all dem steckt, einen großen Dienst erwiesen hat. Einen Gefallen, von dem ich selbst nicht einmal wusste, wie sehr ich ihn brauchte.

Wir wollen dir helfen, höre ich die kratzige Frauenstimme in meiner Erinnerung sagen.

Das entsprach der Wahrheit. Erst jetzt bin ich wirklich frei. Ich bin ihr zu Dank verpflichtet.

»Wie geht es jetzt weiter?«, frage ich das leblose Gerät an der Decke.

Plötzlich nehme ich am Rand meines Sichtfelds eine Bewegung wahr. Ich fahre herum, sehe wie die Tür aufschwingt und ein Hüne mit hochrotem Kopf die Treppe hinab und auf mich zustürzt. Der rechte Arm baumelt leblos herab. »Du Arschloch hast mich zum Krüppel gemacht!«

Mit der linken Hand hält er eine Waffe direkt auf mich gerichtet.

Ein ohrenbetäubender Knall erschüttert den Keller.

FÜNFUNDZWANZIG

Ein Pfeifton bohrt sich gewaltsam durch mein Trommelfell. Mir wird schwindlig. Kraftlos sinke ich auf die Knie. Ich fühle keinen Schmerz.

Hastig klopfe ich mit beiden Händen meinen Körper ab, doch meine tauben Finger ertasten nichts Ungewöhnliches. Als ich sie vors Gesicht hebe, entdecke ich kein Blut. Das widerwärtige Schrillen in meinen Ohren nimmt kein Ende.

Ich blicke auf, versuche verzweifelt, die Situation zu verstehen – und sehe eine dunkelrote Rose, die auf dem Shirt des Hünen erblüht. Der Fleck wird größer und größer, frisst sich begierig in den Stoff. Der Mann, den ich als Kommissar Lukas Eisweiler kannte, kippt um und bleibt reglos liegen.

Irgendwo hinter mir ertönt eine Stimme. Durch das Pfeifen in meinem Kopf nehme ich die Worte nur als unverständliches Murmeln wahr. Ich begreife, dass auch die zweite Tür aufgesprungen sein muss.

Jemand hat den Hünen erschossen, bevor er seinerseits abdrücken und *mich* umbringen konnte.

Der Versuch aufzustehen misslingt. Mir fehlt einfach die Kraft. Also lasse ich mich stattdessen auf die linke Pobacke sinken und rutsche auf dem Hosenboden herum.

Die Schützin trägt ein *Chanel*-Kostüm, dessen intensive Farbe an Himbeeren erinnert, und lässt gerade die Pistole sinken. Blonde Haare umrahmen das beinahe aristokratisch wirkende Gesicht. Ein zufriedenes Lächeln strahlt mit den grünen Augen um die Wette. Es ist die Frau aus dem Museum.

Natürlich! Sie war Teil der Scharade! Das alles war nur ein Spiel!

Vielleicht sollte ich es ihr übelnehmen, aber das kann ich nicht. Sie hat mich gerettet. Nicht nur vor der tödlichen Kugel. Sondern auch vor einem Leben in den Ketten der Unzulänglichkeit. Im Schatten meiner Schwester.

Das Schrillen verstummt. An seine Stelle tritt eine unheimlich beruhigende Klarheit. Ich habe es geschafft. Ich habe den Test bestanden.

Wie zur Bestätigung packt die Blondine die Waffe weg und streckt mir die Hand entgegen, über die sich eine hässliche Narbe zieht.

»Danke«, stammle ich und lasse mir aufhelfen.

»Keine Ursache. Entschuldige bitte die Schrecksekunde.« Sie wirft dem toten Hünen einen missbilligenden Blick zu. »Das Fußvolk ist manchmal störrisch.«

Zunächst vermute ich, dass sie meinen Dank nur auf den rettenden Schuss bezieht, doch ihr wissendes Lächeln überzeugt mich vom Gegenteil.

»Danke für alles«, erkläre ich trotzdem, während ich mir den Staub von Hose und Hemd schüttle.

Sie winkt ab. »Du gehörst jetzt zu uns. Niemand wird dir je wieder etwas anhaben können.«

Unbändiger Stolz macht sich in meiner Brust breit. Meine Schultern straffen sich. Plötzlich kehrt die Energie in meinen Körper zurück.

Gleichzeitig prasseln so viele Fragen auf mich ein, dass es mir glatt die Sprache verschlägt. Ich bringe keine einzige über die Lippen.

»Komm mit.« Sie lacht, tritt ganz nah an mich heran und hakt sich freundschaftlich bei mir unter. »Du brauchst einen Drink!«

Ich öffne den Mund, um ihr zu sagen, dass ich keinen Alkohol zu mir nehme, schließe ihn aber sofort wieder. Vielleicht ist jetzt genau der richtige Zeitpunkt, doch noch damit anzufangen. Immerhin gibt es wirklich etwas zu feiern. Zum ersten Mal seit langer Zeit, vielleicht sogar in meinem ganzen Leben, fühle ich mich vollkommen sicher.

Gemeinsam schreiten wir an der toten Annabelle vorbei, steigen über die Leiche des Hünen und die Treppe hinauf. Im Wohnzimmer macht sich die Blondine von mir los und geht zum Servierwagen.

»Whiskey auf Eis, nehme ich an?«

Ich zucke die Achseln und will mich gerade auf das geblümte Sofa setzen, da bemerke ich ihren irritierten Blick. »Was ist? Habe ich etwas falsch gemacht?«

Sie lacht. »Nein, Alex. Alles in Ordnung. Du bist hier unter Freunden. Es ist nur ...« Die kleinen Falten, die entstehen, als sie die Nase rümpft, lassen sie noch sympathischer wirken. »Vielleicht machst du dich erst noch kurz frisch.«

Erleichtert atme ich auf.

Sie zeigt auf eine Tür am anderen Ende des Raums, die ich bei meinem Erkundungsgang übersehen haben muss. Artig befolge ich die stumme Anweisung, gehe hindurch und finde mich in einem kleinen Badezimmer wieder. Neben einem großen Handtuch, das wunderbar flauschig aussieht, hängt auch frische Kleidung für mich bereit.

Ich entledige mich meiner Sachen und springe unter die Dusche. Der wohltemperierte Strahl spült Blutspritzer und Staub von meiner Haut. Die Seife verströmt den herrlichen Duft-Mix von Moschus und Harz.

Der Anzug, in den ich wenige Minuten später schlüpfe, passt wie angegossen. Unter der Heizung entdecke ich ein nagelneues Paar *Santonis* aus hellgrauem Krokodilleder, das seinen Farbton perfekt akzentuiert. Ich ziehe sie an und rubble mit den Fingern durch die feuchten Haare.

Aus dem Spiegel blickt mir ein Alex entgegen, den ich erst noch kennenlernen muss. Er sieht unsagbar müde aus, wirkt aber gleichzeitig glücklich und unbeschwert. Ein ganz anderer Mensch als noch vor wenigen Stunden.

»Na, aber hallo«, findet auch die Blondine, als ich wieder in den Wohnbereich trete. Sie steht vor dem Kamin, in dem mittlerweile ein Feuer lodert.

Meine alten Klamotten habe ich zusammengelegt und die blutverkrusteten Schuhe daraufgestellt. Den so entstandenen Stapel balanciere ich jetzt auf sie zu. »Was soll ich damit anstellen?«

Sie nimmt mir die Sachen kommentarlos ab und wirft sie direkt in die Flammen.

»Was zum —?«

Beinahe entfährt mir ein Fluch. Doch dann begreife ich, warum sie die teure Designerware vernichtet. Die Spuren müssen beseitigt werden. »Entschuldige.«

Der bestialische Gestank sengenden Leders wabert an uns vorbei und durch die geöffnete Terrassentür hinaus. Sie scheint ihn nicht einmal zu bemerken.

»Wer bist du?«

Sie antwortet nicht, drückt mir stattdessen ein Glas in die Hand. Die Eiswürfel darin sind mit gut drei Finger breit Whiskey bedeckt. »Zum Wohl.«

Ich zögere. »Was geschieht mit den Leichen?«

»Wir kümmern uns darum. Das tun wir immer.«

»Und was ist mit mir?«

Sie zieht ein Smartphone aus der Tasche des eleganten Blazers und schielt kurz aufs Display. »Dein Wagen ist gleich da.«

Mich beschleicht ein ungutes Gefühl. »Wo bringt er mich hin?«

»Nach Hause.«

»Was ist mit Annabelle?«, hake ich irritiert nach. Als sie nicht reagiert, werde ich panisch. »Wenn sie verschwindet oder gar tot aufgefunden wird, wird sich die Polizei mich als allerersten vornehmen!«

Die Blondine verdreht entnervt die Augen. »Wie ich bereits sagte: Wir kümmern uns um alles. Du kannst aufhören, dir Sorgen zu machen.« Sie scheint der Fragerei überdrüssig. So als habe sie das alles schon dutzende Male erlebt.

Ich gebe mich noch nicht geschlagen. »Wer seid ihr? Und wie wollt ihr Annabelles Ermordung vertuschen?«

»Trink jetzt«, sagt sie, schiebt mich aber gleichzeitig aus dem Raum. »Du brauchst dich um die Details nicht zu kümmern.«

Im Flur führt sie mich nach links. Sie nimmt meinen Mantel vom Garderobenständer und überreicht ihn mir im Tausch gegen das noch immer gefüllte Glas. »Was du wissen musst, weißt du bereits. Alles weitere wirst du noch früh genug erfahren.«

»Aber –«

»Der Schlüssel steckt im Zündschloss.« Sie öffnet die massive Eingangstür. Vor dem Gartentor wartet mein AMG.

Ich gebe auf und gehe grußlos an der Blondine vorbei. So wie es aussieht, werde ich keine weiteren Informationen aus ihr herausbekommen.

Stattdessen werde ich mich wohl oder übel darauf verlassen müssen, dass sie auch diesmal die Wahrheit sagt und ich nicht länger in Gefahr bin.

Wer sich uns anschließt, braucht den Arm des Gesetzes nie wieder zu fürchten.

Ich habe den Wagen beinahe erreicht, da ruft sie mir noch etwas hinterher. »Ach, und, Alex?«

Wie vom Blitz getroffen bleibe ich stehen.

»Herzlich willkommen in der Akademie!«

SECHSUNDZWANZIG

Stundenlang tigere ich durch mein Apartment im Grand Tower, schütte literweise Kaffee in mich hinein und wäge die Optionen ab. Kann ich einer Gruppe von Fremden vertrauen? Oder sollte ich nicht lieber meine Sachen packen und schleunigst aus dieser gottverdammten Stadt verschwinden?

Es ist bereits kurz vor Mitternacht, und noch immer habe ich keine Entscheidung getroffen. Ich bleibe vor dem bodentiefen Fenster im Wohnbereich stehen, nehme einen weiteren Schluck aus der Tasse und betrachte die Skyline des Bankenviertels.

Mein Smartphone vibriert. Ich drehe mich um, nehme es vom Couchtisch und entdecke eine Nachricht von Laura: »Alles in Ordnung bei dir?«

Immerhin eine, die sich wundert, dass ich mich seit gestern Morgen nicht mehr im Büro gemeldet oder zumindest auf E-Mails reagiert habe. Wenn auch reichlich spät.

Bevor unsere Assistentin auf die Idee kommt, morgen früh hier aufzuschlagen, um nach dem Rechten zu sehen, tippe ich rasch eine Antwort.

»Grippe. Verschieb bitte all meine Termine in dieser Woche.« So verschaffe ich mir immerhin Zeit.

Ich wende mich wieder den Lichtern vor dem Fenster zu. An sie habe ich mich genauso gewöhnt wie an einen gewissen Lebensstandard. Ich will Frankfurt nicht überstürzt verlassen. Denn dann bliebe mir nichts.

Noch während ich den Entschluss fasse, vorerst zu bleiben, bis ich den Ernst der Lage einschätzen kann, vermeldet das Vibrieren des Smartphones einen eingehenden Anruf. Auf dem Display steht »Klaus Hennrich«.

Nein, nein, nein.

Dass der Geschäftspartner und Geliebte meiner Schwester mich mitten in der Nacht erreichen will, kann nichts Gutes bedeuten.

Wurde die Leiche gefunden? Stecke ich in Schwierigkeiten?

Panisch drücke ich den Knopf an der Seite des Geräts. Gespräch abgelehnt. Soll der Alte mir doch auf die Mailbox quatschen.

Doch die Ruhe währt nur wenige Sekunden. Ein weiteres Mal beginnt das Handy zu surren.

Wie versteinert stehe ich da und starre auf den Namen des Anrufers. Es ist zu spät, um zu flüchten. Ich zögere das Unvermeidliche nur heraus. Also nehme ich das Gespräch widerwillig entgegen.

»Was ist denn, Klaus? Ich bin gerade beschäftigt.«

»Hast du heute schon von Annabelle gehört?«

Panikspinnen kriechen meinen Nacken empor. Ich bemühe mich krampfhaft um einen ruhigen Tonfall. »Nein, wir hatten ja nie viel Kontakt.«

Außer in den letzten Tagen.

Wir haben am Sonntagabend telefoniert. Vorgestern war ich sogar bei ihr in der Kanzlei. Das wird Fragen aufwerfen. Noch dazu habe ich für den Tag ihres Verschwindens kein brauchbares Alibi. Schlagartig wird mir unsagbar heiß.

»Wieso fragst du?«, hake ich vorsichtig nach.

»Sie war heute nicht bei der Arbeit, ich kann sie nicht erreichen, und –« Er bricht ab.

Nach einer Pause, die mir wie eine halbe Ewigkeit vorkommt, sage ich: »Nun, dann ... musst du es weiter versuchen, schätze ich.«

»Ja. Zum hundertsten Mal. Ich bin sogar schon zu eurem Elternhaus gefahren, aber sie ist nicht zuhause.« Er klingt gehetzt. Genauso nervös wie ich mich fühle.

Nach nur einem Tag, an dem er sie nicht gesehen hat? Er muss etwas wissen!

Die Wahrscheinlichkeit, dass der alte Mann einfach nur liebestoll ist, hält mein inneres Rechenzentrum für äußerst gering. Dann hätte er mich da nicht mit hineingezogen. Noch dazu mitten in der Nacht. Es muss mehr dahinterstecken.

»Wieso machst du dir Sorgen?«, frage ich möglichst naiv. »Ist denn irgendwas vorgefallen?«

Klaus stöhnt. »Hör zu, Alex, ich weiß nicht, wie ich dir das schonend beibringen soll.«

Jetzt kommt es.

»Also sage ich es einfach geradeheraus.«

Das Messer! Auf dem Messer sind meine Finger-abdrücke!

»Die Polizei hat mich vor etwa einer Stunde angerufen.«

Mein Herz pocht so laut, dass ich den nächsten Satz kaum höre.

»In der Kanzlei gab es ein Feuer.«

»Wie bitte?!« Als das Gesagte dann doch zu mir durchdringt, macht sich Verwirrung breit.

»Es war Brandstiftung. Jemand hat so viel Benzin in den Räumen verteilt, dass das Gebäude förmlich explodiert und bis auf die Grundmauern niedergebrannt ist.«

Wer sich uns anschließt, braucht den Arm des Gesetzes nie wieder zu fürchten.

Plötzlich habe ich eine Ahnung.

Was, wenn …

Ich atme erleichtert aus.

Klaus deutet die Geräusche offenbar als Zeichen des Schocks. »Ich will dich nicht unnötig beunruhigen, aber –« Seine Stimme erlahmt.

Noch ehe er weiterspricht, weiß ich, was folgt.

»Man hat verkohlte, menschliche Überreste gefunden.« Er schluchzt. »Laut den Beamten ist es der Beckenknochen einer Frau.

EPILOG

»Ich kann es immer noch nicht glauben«, stöhnt Klaus, als wir eine Woche später im Arbeitszimmer meines Vaters stehen.

Mannshohe Bücherregale mit in Leder eingeschlagenen Bänden beherrschen die Seitenwände. Auf dem tiefroten Teppich, in der Mitte des Raums, thront ein Schreibtisch aus massivem Holz. Dahinter hängen Hirschköpfe, ausgestopfte Fasane und Füchse und starren mich aus leblosen Augen an.

Der Raum hat sich seit meiner Kindheit nicht im Mindesten verändert, und doch scheint er jetzt anders als zuvor: Dem neuen Alex jagt all das keine Angst mehr ein.

Entspannt nehme ich auf dem kleinen Sofa direkt neben der Tür Platz, während Annabelles Geschäftspartner zum Servierwagen geht, um uns zwei Gläser vom besten Whisky einzugießen.

»Jedes Mal, wenn ich aufwache, habe ich das Gefühl, das alles war nur ein Traum.«

»Geht mir genauso«, sage ich, und das stimmt sogar – wenn auch anders, als es erscheinen mag.

Jeden Morgen, wenn *ich* erwache, habe ich Angst, dass alles wieder so ist wie zuvor. Dass ich wieder nur der minderwertige Alex bin, der seiner verdammten Schwester nicht das Wasser reichen kann.

»Es ist alles meine Schuld.« Klaus' Augen werden feucht. Er drückt mir ein Glas in die Hand und wendet den Blick anschließend sofort ab. »Ich mache mir solche Vorwürfe.«

»Weshalb?«, frage ich, obwohl ich längst ahne, was hinter der Aussage steckt.

»Ich weiß nicht, ob du es wusstest, Alex, ... deine Schwester und ich hatten eine Affäre.«

»Nein, wirklich?«

»Zwei Tage bevor ...« Er bricht ab, räuspert sich nervös. »Am Montag, kurz bevor du bei uns in der Kanzlei warst, da habe ich ihr gesagt, dass es aus ist. Dass ich es mir mit meiner Frau nicht verscherzen will. Hat sie denn nichts zu dir gesagt?«

»Gar nichts.«

»Es tut mir so leid, Alex! Ich wusste, dass sie darüber sehr traurig war, aber wer konnte denn ahnen, dass sie —«

Literweise Benzin in die Kanzlei kippt und sie abfackelt.

In der Zwischenzeit hat die Polizei eindeutige Beweise dafür gefunden, dass Annabelle den Brand selbst gelegt hat. Die Kanister wurden mit ihrer

Kreditkarte bezahlt. Auf den Überwachungs-
aufnahmen der Tankstelle ist eine blonde Frau zu
sehen, deren Größe und Statur der ihren entspricht.

In ihrem Wagen, den man kurz darauf nur etwa
hundert Meter von der Villa in Niederrand
entfernt am Straßenrand entdeckte, konnten noch
Spuren des Brandbeschleunigers sichergestellt
werden. Auch der Browserverlauf ihres Laptops
sprach Bände. Dass Annabelle im Zuge des
Racheakts selbst in Flammen aufging, hält die
Polizei für einen »bedauerlichen Unfall«.

»Du kannst nichts dafür«, versichere ich ihrem
Ex-Liebhaber und bin froh, dass er das Gesicht
noch immer abgewandt hält und mein breites
Grinsen nicht sehen kann.

Fall abgeschlossen.

Klaus schnieft, fischt ein Taschentuch aus der
Hosentasche und schnäuzt sich lautstark. »Danke,
Alex.«

Für einige Minuten sagt keiner von uns ein
Wort. Draußen zieht ein Unwetter auf. Regen
prasselt an die Fensterscheibe, klingt wie Trommel-
wirbel in meinen Ohren. Ich kann es nicht
erwarten, endlich allein zu sein.

Als er sich etwas beruhigt hat, fragt Klaus:
»Wirst du das Haus behalten?«

»Das weiß ich noch nicht«, antworte ich
wahrheitsgemäß. Einerseits ist der imposante Bau

wirklich repräsentativ für einen Millionenerben. Andererseits hängen an ihm so viele düstere Erinnerungen.

Klaus scheint meine Gedanken zu erahnen. »Ich weiß, du bist hier nicht glücklich gewesen. Hartmut war ein herrischer Mann.« Er lächelt entschuldigend. »Aber du darfst ihm das nicht übelnehmen, Alex. Er hat den Tod eurer Mutter nie ganz verwunden.«

Toll, danke auch!

Ein melodisches Läuten bewahrt mich davor, ihn anzuschnauzen. Ich stelle den unangerührten Whisky beiseite und stehe auf. »Du entschuldigst mich kurz.«

»Aber natürlich.« Schon wieder sammeln sich Tränen in seinen Augen.

Ich bin froh, der Situation für einen Moment zu entkommen, gehe hinaus, durch den Flur und öffne die schwere Eichentür im Empfangsbereich.

Draußen steht eine Frau, etwa in meinem Alter, mit roten, zum Dutt gebundenen Haaren und strahlend blauen Augen.

»Hallo Alex.« Sie fummelt nervös am Griff ihrer Handtasche herum. Der Wind zerrt am Stoff des klatschnassen Wollmantels.

»Hallo?« Ich bleibe im Türrahmen stehen, will erst wissen, wen ich da vor mir habe, bevor ich sie einlasse.

»Ich weiß nicht, ob du dich an mich erinnerst«, sagt sie prompt. »Wir waren in einer Klasse. Ich war damals mit deiner Schwester befreundet.«

Plötzlich fällt es mir wieder ein. Sie war eines der Mädchen aus Annabelles Gefolgschaft. Eine von vielen, die mich jahrelang verspottet und missachtet haben, und das bloß, um *ihr* zu gefallen.

»Susi«, versucht sie, mir auf die Sprünge zu helfen. »Susanne Walther.«

Ein leises Kribbeln kitzelt meine Adern. Ich dachte, es sei mit Annabelle gestorben. Für immer verstummt, als sie ihren letzten Atemzug machte. Aber das ist es nicht.

Ich lächle. »Natürlich erinnere ich mich an dich! Möchtest du reinkommen?«

Sie tänzelt unschlüssig von einem Fuß auf den anderen. »Nein, ich ... ich glaube ... ich wollte dir nur sagen, dass es mir leidtut.«

Für einen Moment bin ich verwirrt. »Was tut dir leid?«

»Dein Verlust.« Sie runzelt die Stirn, sieht mich an, als habe ich den Verstand verloren.

»Ach so. Danke.«

Sie wendet sich ab, macht ein paar Schritte in den strömenden Regen hinaus und auf einen bordeauxfarbenen Bentley zu.

Ich habe die Tür bereits halb geschlossen, als sie sich doch noch einmal umdreht und mir etwas zuruft, das ich durch das Getöse des Unwetters nicht verstehen kann.

»Wie bitte?«

»Was die Vergangenheit angeht«, wiederholt sie, »auch das tut mir leid. Wir waren Kinder, aber das alles war gemein.«

Ich antworte nicht.

Das Kribbeln wird stärker.

Sie macht ein schuldbewusstes Gesicht.

»Vergeben und vergessen?«

»Vergeben und vergessen«, bestätige ich und setze mein charmantestes Lächeln auf.

Sie nickt dankbar, dann dreht sie sich um und verschwindet.

Während ich die Tür schließe, mache ich mir im Geist eine Notiz.

Susanne Walther. Ich werde dich finden.

Dich und all die anderen.

Big Deal. Der Tod gehört nun einmal dazu.
Wir sehen uns in Disneyland.

RICHARD RAMÍREZ,
DER »NIGHTSTALKER«

»DIE AKADEMIE DES TODES«

Liebe Leserin, lieber Leser,

Sie möchten erfahren, was aus der »Grufti-Göre« geworden ist, und wie es Kommissar Max Sydow bei seinen Ermittlungen in Berlin ergeht? All das erfahren Sie in »Lerne zu leiden« von Martin Krist.

Der Typ mit dem Baseballcap lässt sie nicht los? Die Geschichte der Diebe Nicki Jäger und Mariella Rossi finden Sie in Timo Leibigs Band »Lerne zu fürchten«.

Viel Spaß beim Lesen wünschen
Martin Krist, Emely Dark und Timo Leibig

MARTIN
KRIST

LERNE ZU
DIE AKADEMIE DES TODES
LEIDEN

THRILLER

TIMO
LEIBIG

LERNE ZU
DIE AKADEMIE DES TODES
FÜRCHTEN

THRILLER

»LERNE ZU LEIDEN«
MARTIN KRIST

Nur kurz verliert Isa den kleinen Lukas aus den Augen. Im nächsten Moment ist der Junge tot. Brutal ermordet. Isa kann dem Mörder gerade noch entkommen.

Als Kommissar Sydow hinzugerufen wird, ist die Leiche des Kleinen spurlos verschwunden. Was ist tatsächlich passiert? Und warum werden seine Ermittlungen von höchster Stelle sabotiert?

Sydow stößt auf ein Geflecht aus Lügen und Mord, das ihn schon bald mit seinen eigenen Ängsten konfrontiert ...

»LERNE ZU FÜRCHTEN«
TIMO LEIBIG

Mariella und Dominik verdienen ihr Geld als professionelle Trickbetrüger und Diebe. Der Einbruch in eine Villa am Bodensee scheint Routine zu sein, doch dabei stoßen sie auf einen Geheimgang, der in die Tiefe führt. Qualvolle Schreie dringen empor.

Bevor sie dem Ganzen auf den Grund gehen können, müssen sie fliehen. Doch wer sind ihre Verfolger und was treiben sie im Keller unter dem Keller?

Mariella und Nicki stürzen sich in die Recherche, stoßen auf ominöse Seilschaften und alte Vermisstenfälle – und stehen längst selbst im Visier der Täter.

Lightning Source UK Ltd.
Milton Keynes UK
UKHW010721270821
389579UK00003B/550

9 783753 478968